JN022080

大自然の魔法師アシュト、廃れた領地でスローライフ 9

さとう
SATOU

Illustration
Yoshimo

リュドガ
アシュトの兄。
「雷帝」として名を
知られる、大国ビッグ
バロッグの将軍。
ルナマリア
リュドガの副官で妻。
見た目とは裏腹に脳筋。
アシュト
本作の主人公。
魔法適性が「植物」だった
ために家を追放され、
魔境オーベルシュタインの
領主となる。
ウッド
アシュトの魔法で生み
出された樹木人《ツリーマン》。
アシュトが大好き!
主な登場人物
CHARACTERS

ディミトリ
「悪魔商人」を名乗る
ディアボロス族の男性。
全てが胡散臭い。
ディアーナ
ディアボロス族の少女。
しっかり者の秘書として
アシュトをサポート。
アラニエ
蜘蛛の下半身を持つ
アラクネー族の族長。
怪我をきっかけに
アシュトと出会う。
メドゥサ
蛇の下半身を持つ
ゴルゴーン族の族長。
アラニエとは長年
ケンカしていた。

第一章　森散歩での出会い

魔境オーベルシュタインの片隅《かたすみ》で、緑龍《りょくりゅう》の村の村長として日々働いている俺、アシュト。

この前村に、世界を創《つく》った『神話《しんわ》七龍《しちりゅう》』が同窓会をするために集合してしまい、準備に追われて大変だった。

けど一緒に宴会を楽しんだり、空を飛べる龍たちに普通は行けないような場所に連れていってもらったりで、かなり貴重な体験ができた。

◇◇◇◇◇

それからしばらく経った、ある晴れた日の朝。

俺はのんびり村を散歩し、村の入口にやってきた。

村の入口は門番である木の巨人フンババと、同じく木人《ぼくじん》のベヨーテが守り、村の顔になっている。

村の入口は馬車が並んで通れるくらい広い。クジャタ運搬車が引く大型荷車が通れるように広げたんだ。

クジャタはほぼ牛だけど、普通の牛じゃない。体が紫色で斑《まだら》模様があり、ねじれた大きな角《つの》が左右に一本ずつ、加えてユニコーンみたいな角が額《ひたい》から一本生《は》えている。

といっても、そんなクジャタが引く運搬車は、まだハイエルフの里しか開通していないが。

でも、クジャタ運搬車に乗ってくるハイエルフはかなり多い。緑龍の村を見学したり、ハイエルフの里からこの村に移住して働いている娘の様子を見に来たり……少し考えたが、休憩用のカフェとかあればいいかも。

今はワーウルフ族の村とエルダードワーフの故郷へ続く街道を整備している。そしたら人の出入りはさらに多くなり、居住希望者も増えるだろう。そんなことを考えながら、フンババたちに挨拶した。

「おはよう。フンババ、ベヨーテ。お、ハイピクシーたちもいたのか」

『アシュト、おっはよー』

フンババの周りを、花の妖精であるハイピクシーのフィルとベル、他にもたくさんのハイピクシーたちが飛んでいた。

俺が挨拶すると、ハイピクシーたちは俺の周囲をぐるぐる回る。しばし妖精たちと戯《たわむ》れていると、木の小人である植木人《ツリーマン》のウッドを乗せたフェンリルのシロが走ってくる。

それを追いかけるようにして、頭に葉っぱを生やした幼女、マンドレイクとアルラウネの二人も走ってきた。

「まんどれーいく」

「あるらうねー」

『アシュト、アシュト!!』

『きゃんきゃんっ!!』

「なんだなんだ。大集合だな」

マンドレイクとアルラウネは俺にじゃれつき、ウッドとシロは俺の周囲をぐるぐる回る。

村の入口はいっきに騒がしくなり……

『モオォォォォォォォォォォォォオッ!!』

「おっわぁ!? び、びっくりした……クジャタか」

いきなり雄叫《おたけ》びを上げたのは、巨牛クジャタだ。専用の牛具をつけ、巨大な荷車を引いている。

そうか。今日はクジャタは、ハイエルフの里との定期便か。これからハイエルフの里へ向かい、夕方にもう一便向かうんだ。

クジャタを見送ると、フィルがふよよ～っと俺の前に。

『ねぇアシュト、今日はヒマ?』

「ん、まぁな。フレキくんたちが薬院にいるし、俺は休みだ」

ちなみにフレキくんはワーウルフ族の少年で、俺の弟子として薬師《くすし》の勉強をしている。

『じゃあ、みんなでお散歩に行こう!! フンババもベヨーテもずっとここにいるし、たまには森に出かけようよ!!』

フィルに言われて気付いた。そういえば、フンババやベヨーテは休んでいるのか？　朝から晩まで村の入口を守っているけど……

そうだ、こいつらにも意思がある。なら、休みたいとか、遊びたいとか、あるはずだ。

「そうだな。よし、フンババ、ベヨーテも一緒に出かけるか。門番は他の住人……ほら、サラマンダーとか龍騎士とかに任せて、たまにはのんびりしよう」

『アシュト、イイノ？』と、尋ねてくるフンババ。

「ああ、フンババ。ベヨーテもな」

『ヤレヤレ……カイヌシニハサカラエネェゼ』とか言いつつ、ベヨーテはちょっと嬉しそうだった。


『あの～……なんでワイまで？』

「別にいいだろ。たまには散歩でも」

『はぁ……』

身体を切り離して五メートルほどの長さになったムカデの魔獣、センティを連れて、俺たちは森を散歩している。

俺、マンドレイク、アルラウネはフンババの頭の上に、ベヨーテはセンティに乗り、ハイピクシーたちは揃って飛んで、ウッドはシロに乗って走っていた。

『ら～ららら～らららららら～♪　ららららら～らららららら～ん♪』

『『『『ら～ららら～らららららら～♪　ららららら～らららららら～ん♪』』』』

妖精たちの歌声が響《ひび》く。柔らかい風に乗り、フィルたちの声が森にこだまする。

俺はマンドレイクとアルラウネを抱きしめながら風を感じていた。

『あ、お花みっけ!!』

『きゃんきゃんっ!!』

『ヤッホーッ!!　アシュト、アシュト、ミテミテ!!』

『アシュト、オラ、キモチイイ』

『クァア……ネムクナッテキタゼ』

「まんどれーいく」

「あるらうねー」

みんな、思い思いに喋《しゃべ》りながら散歩を楽しんでいる。

妖精たちは花が咲いているとそこに向かい、ウッドは根っこを伸ばして枝に括《くく》りつけてブラブラしてる。

フンババはのんびり歩き、ベヨーテはセンティの背中で寝転がる。マンドレイクとアルラウネは俺の膝《ひざ》から動こうとしない。

平和な散歩だな。はぁ……お弁当持ってくればよかった。

『あれ？　ねぇアシュト、誰かいるよ？』

「ん？　本当だ」

フィルが指さす方向には、確かに誰かいる。近付くと、フィルが言った『誰か』の正体がわかった。

「………………」

「あ、こんにちは～……えっと」

反射で挨拶をしてしまったが、目の前にいるのは『人』ではなかった。えーと、上半身は裸なので……女性ということがわかります。

いやだけど、その下半身が……『蜘蛛《くも》』みたいになっているんだ。腰から下が蜘蛛。黒い身体、大きな八本の脚。

蜘蛛だ。獣人じゃない『蟲人《むしびと》』だ。

初めて見た……故郷のビッグバロッグ王国でも、そんなに見たことないぞ。確か、蟲人の国がどこかにあるとは聞いたことあるけど。

蜘蛛女さんは俺を見て、フンババ、センティ、ベヨーテ、ウッド、シロ、そしてハイピクシーたちを一瞥《いちべつ》。

「……まさか、噂《うわさ》の人間か？」

お、喋った。それに、言葉が通じるみたいだ。

警戒してるようだけど……俺は気付いた。この女性、お腹と脚に怪我をしてる。八本脚のうち一本がなくなり、蜘蛛の下半身の腹部分から緑色の液体が流れている。

俺は迷わずフンババの頭の上から飛び降り、女性に向かい──

「それ以上近付くな!!」

俺が側《そば》に行く前に、蜘蛛女さんがそう叫ぶ。

「いや、怪我してるじゃないですか!! 診《み》せて」

「やめろ。人間にどうこうできるものではない。それに、この程度問題ない……っつ」

いつの間にかベヨーテが背後にいて、手から棘《とげ》を出して俺を守っていた。もしこの蜘蛛女さんが動けば、手から棘を発射していただろう。

「強がらないで。いいから診せて」

俺はベヨーテを手で制しながら言った。

『……チッ』

ベヨーテは面白くなさそうだ。

「悪いなベヨーテ」

『フン……ワルイガケイカイハスルゼ』

俺はいつも持ち歩いているスライム試験管から、ハイエルフの秘薬を取り出す。

魔法で水を出して試験管に注《そそ》ぎ、ハケで蜘蛛女さんの腹の傷に塗る。消失した脚の一本の断裂部にも薄く塗り、治療は終わった。

「よし。後は乾かして……」

「もう結構。だが、だいぶ楽になった……礼を言う」

蜘蛛女さんが頭を下げた。

「は、はい。あの、よかったら俺の村に来ませんか？　治療はまだ……」

「もう結構。私も帰らねばならん。大事な仕事が残っているのでな」

蜘蛛女さんは身体を起こし、七本の脚を動かして歩きだした。だが、ふいに立ち止まり、くるっと振り返る……いや、上半身裸だからおっぱい揺れたよ。

「正式な礼は後日。今はまだその時ではないのでな」

微笑《ほほえ》み、蜘蛛女さんは去っていく。

「へ？　あ、いや。気にしなくていいですよ」

そう言って別れたけど……なんともまぁ不思議な出会いだった。獣人や亜人は村にいるけど、蟲人はいないから。

正直な意見としては安静にしてほしいけど、そうもいかないんだろう。

「……さて、帰るか」

この時は、まだわからなかった。

この蜘蛛女さんとの出会いが……面倒事の引き金になるということが。

◇◇◇◇◇◇

「下半身が蜘蛛……ああ、『蜘蛛族』ね。交流はないけど知ってるわ」

「蜘蛛族……」

「ええ。上半身はヒト、下半身が蜘蛛の種族よ。お尻から出る糸は粘着性がある狩猟用の糸、柔らかい織物で使う糸、剛性のある強靱《きょうじん》な糸と、用途によっていろいろ出せるみたいね」

「へぇ～……」

「私も何度か会ったことあるけど、無愛想な連中ばっかりよ」

と、清酒を完成させたのに引き払うつもりのない研究室でエルミナが言う。エルミナはハイエルフで、俺の妻の一人だ。

しかし……相変わらず汚い部屋だ。だが、ネズミのニックたちからは好評らしい。エルミナがこの部屋を引き払わない理由も、ニックたちに清酒の元になる乳白色の酒を造るためみたいだ。

まあ、それなら別にいいかな。

ちなみにフンババたちと散歩中に出会った蜘蛛女さんのことをエルミナに聞いた理由は、本人に言うとキレるから言わないが、この村で最高齢だからだ。

「ま、気にしなくていいんじゃない？　このオーベルシュタイン領土には数百数千の種族が住んでるんだし」

エルミナはふいに頷《うなず》くと立ち上がって言う。

「ね、アシュト。天気もいいし散歩でもしない？」

「そうだな。まだ時間あるし、釣りでもしに行くか？」

「お、いいわね!!」

蜘蛛族か……蟲人っていろんな種類がいるんだな。

ま、俺の人生は長い。これからもいろんな出会いがある。あの蜘蛛女さんも、お礼はまたって言ってたし……怪我の具合が気になるけど、また会える気がする。

◇◇◇◇◇

ある日、村に久しぶりの来客があった。

村長である俺が村の入口に向かうと、そこには初めて見る種族の人たちがいた。

護衛にデーモンオーガのディアムドさんと俺の妹で魔法師のシェリーを連れていくと、五人の女性がいた。

「初めまして。我々は『蛇女族《へびじょ》』の上位種である『石蛇女族《ゴルゴーン》』。私は代表を務めるメドゥサと申します」

「は、初めまして。緑龍の村で村長をしています。アシュトと申します」

驚いた……上半身は人間で、下半身は蛇の女性だ。

メドゥサと名乗った女性と握手……えっと、胸を隠してほしい。マーメイド族みたいに上半身裸が普通なのだろうか。

シェリーが半眼で俺を見るが……どうしろってのよ。まさか「あの、胸を隠してください」なんて俺が言えるわけないだろ。ディアムドさんも何も言わないし。

「え、えーと……と、とりあえず、来訪の目的をお聞きします。どうぞこちらへ」

「ありがとうございます。アシュト村長」

メドゥサさんと護衛らしきゴルゴーンたちは頭を下げる。

俺は上半身裸をスルーした。もういい、話を聞いてお引き取り願うのが一番だ。

来賓邸《らいひんてい》に案内したはいいが、メドゥサさんたちはソファに座れなかった。腰から下が太い蛇みたいになっているから仕方ない。なので、ソファをどかして床で我慢してもらう。

村で採《と》れた紅茶を出すと、ほんわりと微笑んだ。

「美味《おい》しい……さすが、噂の村ですね。農作物やお酒や金属製品が生産され、他種族との交流が盛んに行われている緑龍の村。村長は人間で、その人望に惹《ひ》かれ多くの種族が集まったとお聞きしますが……なるほど、納得ですね」

「い、いやぁ……あはは」

美人に褒《ほ》められるのは悪い気がしない。

胸を見ないように笑うと、なぜか背後のシェリーが俺の頭を軽く小突いた……何怒ってんの？

話題を変えようと、俺はメドゥサさんに質問する。

「あの、無知で申し訳ない。『ゴルゴーン族』というのは？」

「オーベルシュタイン領土は広大です。知らないのもムリはありませんね。ヒトと蛇の特徴を持つ『蛇女族』は、上半身がヒトで下半身が蛇の特徴を持ちます。そのうち、我ら『ゴルゴーン族』は独自の『眼』を持つ種族なのです……このような」

「えっ……おぉっ」

メドゥサさんの両耳の後ろ辺りから二匹の蛇がにゅるっと現れた。蛇が口を開けると、そこにあったのは『眼球』だ。

メドゥサさんの後ろにいた護衛のゴルゴーンたちも同じように、両耳の後ろ辺りから二匹の蛇を出していた。

「普段は髪の中に隠しています。あまり見て気持ちのいいものではありませんし……」

「そ、そうですか……」

「この二匹の眼には特殊な力がありまして。とある条件下でこの瞳を見ると、見た者は石になってしまうのです」

「え……ま、マジですか？」

「ええ。ですがご安心ください。石になる条件は『互いに愛し合った者』というものですから。我らゴルゴーンたちは、愛する者を石に変えて側に置く風習があったのです。とうの昔に廃《すた》れた風習ですが」

ちょっと怖い。いや、かなり怖い……石ってマジ？

言葉に詰まっていると、メドゥサさんはクスッと笑う。

「ご安心を。今のゴルゴーンたちに石化させる力はありません。今は単なる飾りのようなものですので」

「あ、あはは……」

笑って誤魔化《ごまか》すが、世間話がとんだホラーになった……石化の瞳、怖い。

「うふふ。私どものことをわかっていただけたようなので、本題に入りますね」

メドゥサさんは紅茶を飲み干し、真剣な表情で言う。

「実は、我らゴルゴーン族と女郎蜘蛛《アラクネー》族の長きにわたる抗争に決着がつき、和平交渉の儀を行うことになったのです。そこで、和平交渉の儀を、この緑龍の村で行わせていただきたいのです」

「……えっと、アラクネー？」

「はい。アラクネー族は我らゴルゴーンたちと長きにわたり争っていたのです。ですが、種族の減少に伴い、このままでは両種族とも共倒れの危機……そこで、私の代で和平を持ちかけたところ、あちらの族長も理解を示していただけました。ようやく、争いが終わったのです」

どうやら、俺の知らない戦いがあったらしい。

アラクネー族というのは、エルミナが言っていた蜘蛛族の上位種らしい。

ゴルゴーンたちと喧嘩《けんか》してたけど、メドゥサさんが「もうやめよう。そんなことより繁殖だ!!」って言って喧嘩をやめさせたのだとか。

血で血を洗うような戦いもあったらしいけど、怖いから聞かないでおく。

「和平交渉の儀は、両種族に関係のない中立的な場所で行わなければなりません。そこで、今噂の緑龍の村ではどうかとなりまして……」

「なるほど……話はわかりました」

さて、どうするか。ぶっちゃけ面倒事はゴメンだが……喧嘩はよくないと思う。

種族の争いに終止符が打たれ、和平交渉をするためにこの村を使う。うーん……これは俺だけの問題じゃないな。

「……とりあえず、少し村で相談させてください。俺の一存だけじゃどうにも」

「わかりました。では、私どもはしばらくこの辺で野営を行いますので、三日後にお返事を」

「え、野営って……泊まっていけばいいじゃないですか。せっかくのお客様だし。それに、いいお酒もありますよ」

俺がそう言うと、メドゥサさんは驚いていた。

「では、お言葉に甘えて……ふふ、やはりこの村を選んで正解でした」

「は、はぁ。あ、そうだ……その、一つだけ条件が」

「はい？」

これだけは言わねば……子供たちの教育にも悪いし、男も多くいるしね。

「えっと、胸……隠してもらえますか？」


その後は、メドゥサさんたちを空き家に案内し、メイドとして銀猫《ぎんねこ》族たちを派遣して食事と酒を振る舞った。

俺も同席し、村特産のセントウ酒やワインを出すと、メドゥサさんたちは大いに感動していた。

ちなみに、ミュディに頼んで胸を隠す布を作ってもらったからもう安心。ミュディというのは、幼馴染《おさななじみ》で俺の妻の一人だ。デザインを得意としている。

ゴルゴーン族はベッドで寝ずにとぐろを巻いて寝るようなので、空き家のベッドは撤去……種族が違うとやはりいろいろ違うな。


メドゥサさんたちをもてなした後、夜遅かったが種族の代表を集めて話し合いをした。

「……ってわけで、ゴルゴーン族たちとアラクネー族たちの和平交渉の儀をここで開催したいらしい。みんなの意見を聞かせてくれ」

事情を説明すると、俺の秘書で闇悪魔族《ディアボロス》のディアーナが挙手。

「賛成です。アラクネー族の出す糸で編まれた布製品は超高級品。魔界都市ベルゼブブでもそうは手に入らないものです。ゴルゴーン族は彫刻技術に優れています。村の発展を考えると、両種族と友好的な関係を築くのはいいことです」

「だがよ。蜘蛛と蛇はつい最近まで殺し合いをしとったんじゃろ？　もし村で暴れて酒蔵や麦畑が使いモンにならなくなったら……ワシは許せんぞ」

と、エルダードワーフのアウグストさん。

酒蔵や麦畑が燃える光景でも頭をよぎったのか、アウグストさんは怖い顔をする。

デーモンオーガのバルギルドさんが挙手。

「そうはさせん。村を傷つけようものなら、オレやディアムド、龍騎士やサラマンダーたちが黙っていない」

ディアムドさんといい、デーモンオーガは血の気が多い。

「その通りです。なぁランスロー」

「ああ。姫様たちと住人は我ら龍騎士たちが守る」

この村に駐留している龍騎士団の団長であるゴーヴァンとランスローも言う。

「当然、オレらも黙っちゃいねぇ……喧嘩《ゴロ》まいてやりますよ、叔父貴《オジキ》」

ガラの悪いサラマンダー族の若頭グラッドさん。頼りになるけど怖い。

ま、村を傷つけようものなら俺も黙ってないけどね。

と、ハイピクシーのフィルが挙手。

『あのね、ちょっと前にゴルゴーンたちにお花をもらったことがあるの。あの人たち、みんな優しいよ!!』

さらに、ブラックモール族のモフモフなモグラ、ポンタさんも挙手。

「ボクたち、アラクネー族に助けられたことがあるんだな。魔獣に襲われたところを救ってくれたんだな!!　みんな優しかったし、みんな感謝してるんだな」

うーむ、なるほど。

派遣で来てる天使族《エンジェル》や悪魔族《デヴィル》たちも同席しているが特に意見はなし。

魔犬族のベイクドさんを見ると首を縦に振り、ダークエルフのエンジュは机に突っ伏して寝ていた。壁際にいる銀猫族のリーダー、シルメリアさんは彫像みたいに動かない。

「ローレライ、お前は？」

「私は構わないわ」と、龍人族《ドラゴニュート》で俺の妻の一人のローレライ。

「……シェリーは？」

「あたしもいいよ。さっきのゴルゴーンたち、悪そうに見えなかったし」と、俺の妹のシェリー。

「エルミナは？」

「私も文句ないわ。両方の種族を知ってるけど、話した感じ問題ないしね」

「ミュディは？」

「大歓迎!!　アラクネー族の糸って何!?　どんな服が作れるか楽しみ!!」

デザイナーのミュディのテンションが高いこと以外問題なく、女性陣は賛成のようだ。ちなみにローレライの妹のクララベルにも聞こうとしたけど、お子様なのでもう眠っていた。

そうこうして話を詰め、最終的に和平交渉の場所を提供することに決まった。

後日、そのことをゴルゴーンたちに伝えると喜んでいた。

こうして和平交渉の儀は十日後、村の大宴会場で行われることになった。

第二章　二種族の和平交渉

メドゥサさんたちはアラクネー族に手紙を書くと言い、一度帰った。

俺たちは、和平交渉の儀を行う準備を始める。

村での仕事をしつつ、大宴会場で龍騎士やサラマンダーたちに指示を出す。

俺と秘書のディアーナは、羊皮紙《ようひし》の束《たば》を片手に話し合っていた。

「ゴルゴーンとアラクネーは座……座るって言っていいのかわからんけど、とにかく椅子は必要ないな」

「はい。食事会は立食方式で、食事の内容はお任せだそうです。メドゥサ様にお伺いしましたが、食べられないものは特にないそうですね」

「うん。じゃあこの村の食事でいいか。バルギルドさんたちに肉を確保してもらって、マーメイド族たちに魚を多めに送ってもらおう。酒は……よし、和平交渉の儀だしケチケチしないぞ。村で生産した酒をいっぱい出すか」

「わかりました。村長、和平交渉の儀には中立人として同席を。もちろん護衛はつけます」

「護衛……あ、正装しなくちゃいけないな」

「はい。護衛はどなたにお願いしますか？」

「んー、デーモンオーガのバルギルドさんとディアムドさんのお二人で。あ、二人も正装？」

「はい」

「じゃ、ミュディに頼んで衣装を作ってもらうか。ちょっと行ってくるから、会場のセットは任せる」

「わかりました」

と、こんな感じでけっこう忙しい。

こういう儀式を行う時は、第三者の流儀に従うのが一般的らしい。

なので、サラマンダー族のグラッドさんに聞いたところ、「友好の証《あかし》には、兄弟の『サカズキ』を交わすのが一般的でさぁ」と言ったので、それに倣《なら》うことにした。

……というか一般的なのか？　まあいいや。

俺は解体場に向かうと、デーモンオーガ一家が魔獣の骨を粉々に砕《くだ》いているところだった。

「む、村長か」

「……どうした？」

「バルギルドさん、ディアムドさんにお願いが……って、何やってるんです？」

魔獣の骨を大ざっぱに砕き、魔犬族の男子三人がすり鉢で粉にしている。

すると、バルギルドさんの長男シンハくんと長女ノーマちゃんが言う。

「アウグストのおっちゃんの頼みでさ、この骨を畑にまくんだって」

「よくわかんないけど、いい肥料なんだって!!」

「へぇ……骨を肥料にか。初めて聞いたな」

感心していると、バルギルドさんとディアムドさんがこっちを向く。

「村長。我らに何の用だ？」

「あ、そうでした。ゴルゴーン族とアラクネー族の和平交渉の儀がこの村で行われる件です。そこで、第三者として俺も同席するんですけど、護衛としてお二人にも同席してほしいんです」

「なるほどな。もちろん、構わんぞ」

「ああ。村長の御身《おんみ》は我らが守ろう」

これほど頼りになる護衛もそうはいないな……と、大事なことを言わないと。

「で、和平交渉の儀なので……お二人には正装してほしいんです」

「「………」」

「え、えっと……ミュディたちの製糸場で、お二人の身体の採寸を……」

「「………」」

な、なんか怖い……この二人、上半身裸がほとんど当たり前だし、服を着るのはけっこう違和感がある。

でも、和平交渉の儀で腰布だけはさすがにちょっと……

すると、デーモンオーガ一家全員が俺たちの元へ。

「ふふふ。バルギルド、おめかししないとね」と、バルギルドさんの奥さんのアーモさん。

「ディアムド、立派な服を仕立ててもらいな」と、ディアムドさんの奥さんのネマさん。

「こう言ったら悪いけど……父さんとバルギルドさん、服は似合わないよね」

「おとーたん、いいなー」

ディアムドさんの長男キリンジくんと長女エイラちゃんも言った。

「父ちゃんの服……ぷぷっ、なんか笑える」

「こらシンハ!! で、でも……あたしは羨《うらや》ましいかも」

シンハくんとノーマちゃんも加わり、みんながニヤニヤしてバルギルドさんとディアムドさんを見る。二人はというと……困惑していた。

ま、俺も少し乗っかろう。

「さ、行きましょうか。と……よかったら家族のみなさんも一緒に。立場上、護衛の依頼もけっこうあると思うんで、せっかくだしみんなの服を仕立ててもらいましょうか」

そう言うと、みんな喜んだ。

今さらだが、デーモンオーガ一家はかなり薄着だ。シンハくんやキリンジくんは下半身腰布だし、上半身裸だし、ノーマちゃんとか女性陣は上半身裸じゃないにしろ、魔獣の革の胸当て巻いてるだけだしな。アーモさんもネマさんもスタイル抜群だし、服を着ればかなり見栄《みば》えがよくなるんじゃないか？

「じゃ、行きましょうか……って、あれ？　ブライジング……ブランは？」

「あいつは盗み食いしていたのでな。吊《つる》しておいた」

バルギルドさんに鍛えられてるデーモンオーガの青年、ブランを探していたら、当たり前のように言うバルギルドさん。

ちょっと怖かった……


さてさて、やってきましたミュディの職場である製糸場。

ミュディに事情を話すなり、いつもとテンションが違っていた。

「こんなこともあろうかと、みなさんにピッタリのデザインはすでに準備しています!!」

「そ、そうなのか？」

「うん。だってデーモンオーガのみなさん、スタイルもいいしカッコいいから。前々から似合いそうな衣装のデザインは考えてたの」

ミュディ、恐ろしい。

聞けば、デーモンオーガだけじゃなく、村に住んでいる種族に似合いそうな服のデザインを考えるのは楽しいとか。

デーモンオーガだけじゃなく、エルダードワーフやサラマンダー族のみなさんに着せてみたい服のデザインもあるらしい。

デーモンオーガのみなさんは、製糸場に足を踏み入れることがないので、魔犬少女たちが器用に機織《はたお》りしているところを見て感心していた。

よく見ると、熾天使族《セラフィム》のイオフィエルと、ハニエルとアニエルの双子姉妹もいる。そういえばここに通ってるんだっけ。

「ではバルギルドさん、ディアムドさん!! 採寸しますのでこっちに。みんなはアーモさんたちをお願いね!!」

「「「「はい、ミュディさん」」」」

製糸場で働く天使族《エンジェル》や悪魔族《デヴィル》の女性たちが、ミュディの一声でズラリと並ぶ。

「うおっ……て、天使に悪魔がいっぱい」

俺の知ってるミュディとは別人だ……なんかすごい。

「採寸が終わったらいくつか質問させてください。その後すぐに作業を始めますので」

「む、むぅ……」

「……わ、わかった」

この二人がこうも困惑するとは……ミュディ、恐るべし。

その後、アーモさん、ネマさん、ノーマちゃん、エイラちゃんは別室へ。シンハくんとキリンジくんは採寸されつつ、天使と悪魔の女性に採寸されるのが恥ずかしいのか照れていた。

俺はミュディに任せ、宴会場の様子を確認しに行きかけると……

「待った。アシュトも正装するんでしょ？　採寸しないと」と、ミュディ。

「え、いや俺は正装用の服はあるし……」

「駄目。ちゃんと採寸して、作り直さないと」

「えっと、体型は変わってないし……」

「ふふっ……だめよ？」

するると、俺の背後に三人の人影。

「では、村長の採寸はお任せを」

「「お任せを」」

「い、イオフィエル？　それにハニエル、アニエルまで。なんで俺の時に出てくるんだよ⁉」

「細かいことはいいから、採寸をしましょう。ハニエル、アニエル、服を脱がして」

「「はい」」

「おいこらズボンから脱がすな!? おい!?」

結局、パンイチで採寸された……うぅ、恥ずかしい。

◇◇◇◇◇◇

翌日。正装が完成した……いや、早くね？ そりゃ和平交渉の儀まで時間ないけどさ。

デーモンオーガ一家と俺が呼び出され、製糸場へ。

バルギルドさんとディアムドさんが着せられたのは、魔獣の革をベースにした伝統的なマントだ。

マントには角の生えた鬼のような紋章が刺繍《ししゅう》されていた……かっこいい。

そして、アクセサリーとして魔獣の骨を加工した首飾りや腰紐、腕輪などがつけられる。すごい、派手に見えそうで見えない。デーモンオーガらしい正装だ。

「ふ……」

「……うむ」

あ、二人ともゴキゲンだ。表情が柔らかい。

ノーマちゃんたちも同じようなマントをつけ、骨のアクセサリーをつけている。

ノーマちゃんは見せびらかすようにクルクル回り、シンハくんやエイラちゃんもゴキゲンだ。

「アシュトも、はい」

「ああ、ありがとう」

ミュディが渡してくれた俺の正装は緑を基調としたもので、どことなくキラキラしている。

村長っぽい服を希望したのに、これじゃ貴族みたいだ……ま、いいや。

これで準備完了。会場の設営も終わったし、後は和平交渉の儀を迎えるだけ。

ゴルゴーン族とアラクネー族、和解のための儀式。がんばろう!!

◇◇◇◇◇

和平交渉の儀、当日の早朝。

正装した俺とバルギルドさん、ディアムドさん。そして完全武装の龍騎士たちとサラマンダーたちは、村の入口に並んでいた。

「村長、緊張なさらず」

「あ、ああ。というかディアーナ」

「はい？」

「……いや、なんでもない」

ディアーナも正装していた。

ピッチリした黒いドレスにケープを羽織《はお》り、漆黒のヴェールを被《かぶ》っている。闇悪魔族《ディアボロス》の特徴である濡羽《ぬれば》色の髪がヴェールから流れ、真紅《しんく》の瞳が妖《あや》しく光っていた。

妖艶《ようえん》と言えばいいのか。ドレスが身体にフィットしているため、村一番と影で噂されている巨乳が目立っていた。

俺の視線に気付いていないのか、ディアーナは無表情で村の入口を見つめる。

バルギルドさんとディアムドさんも鋭い目で入口を見つめ……

「来たな」

「っと……こほん。よし」

最初に到着したのはゴルゴーン族だ。

族長のメドゥサさんを先頭に、総勢二十名のゴルゴーンたちが街道を這《は》ってきた。

俺の言いつけ通り、胸にサラシを巻いている。そして、手には槍《やり》を握り、魔獣の骨で作られた兜《かぶと》を被っていた。どうやらこれが正装みたいだ。

龍騎士たちが剣を掲《かか》げ出迎える。

俺はバルギルドさんとディアムドさんを伴い、ゴルゴーンたちを出迎えた。

「遠路はるばる、ようこそ」

「出迎え、感謝します。アシュト村長」

以前と違い、やや堅い挨拶だ。

それもそうだ。友好を結ぶべき相手は俺たちじゃない。長年争っていたアラクネー族だ。

メドゥサさんに挨拶をすると、ほぼ同時にやってきた。

下半身が蜘蛛のような女性たち……アラクネー族だ。

よかった。アラクネー族も胸にサラシを巻いている。それ以外は特にめかし込んでいるようには見えない。

会うのは初めてだけど……あれ？

「あ、あれ……ま、まさか」

「……久しいな。やはりそうだったか」

アラクネー族の先頭を歩くのは……以前、俺が怪我の治療をした蜘蛛女さんだった。

俺は近付き、頭を下げる。

「あっ!! あの、お久しぶりです。怪我は……」

「ああ、大事ない。脚も生えたし腹の傷も塞《ふさ》がったよ……ほら」

にっこり笑う蜘蛛女さんの下半身を見る。

「どれどれ……うん、綺麗に塞がってる。よかった」

腹に塗ったハイエルフの秘薬はすでに剥《は》がされ、傷跡はない。脚もちゃんと生えていた。というか生えるんだな……すごい。

「よかった。綺麗になってる」

「んっ、あぅ……ん、そ、そうだな、っあ」

「確か、ここでしたね」

「はぅぅっ⁉　っあ、ああ……す、すまない、その、そこは敏感なんだ」

「はい？　……はっ、すすすみませんんっ‼」

蜘蛛女さんは顔を真っ赤にして身悶《みもだ》え…………ん、視線が。

「「「「…………」」」」

バルギルドさんとディアムドさん、ディアーナ、そしてゴルゴーン全員、さらにアラクネー族の全員から冷たい視線を浴びた。

「……あ、いやその」

そりゃそうだよ。これから和平交渉の儀だってのに、アラクネー族の族長の腹をまさぐってるんだもん……やっばい、俺やっちゃったよ。

「こ、こほん。あー、改めて……初めまして。私はアラクネー族の族長、アラニエだ」

「こほん……初めまして。緑龍の村の村長、アシュトです」

蜘蛛女さん改めアラニエさんは、俺の失態を誤魔化すように凛々《りり》しい自己紹介をした。

俺も気持ちを切り換え、咳払いをして応える。

「……では、ゴルゴーン族の皆様、アラクネー族の皆様。会場へご案内します」

ディアーナが案内を務め、両種族と俺は大宴会場に移動した。

大宴会場には、一卓だけ机が置いてあり、その机にはサカズキと呼ばれるコップと、陶器で作った酒入れが置いてあった。

ゴルゴーンたちとアラクネーたちそれぞれのグループが移動し、俺は机の前に立つ。

「代表の方、前に」

「はい」

「ああ」

メドゥサさんとアラニエさんが、机を挟んで向かい合う。

俺は一礼し、説明した。

「これより、ゴルゴーン族とアラクネー族の和平交渉の儀を仕切らせていただきます。バイシャクニンは私、アシュトが務めさせていただきます。では、サカズキを手に」

メドゥサさんは酒入れを持ち、アラニエさんがサカズキを持つ。メドゥサさんはアラニエさんのサカズキにゆっくり酒を注《つ》ぎ、注ぎ終わるとアラニエさんが酒を注ぐ。

互いにサカズキをゆっくり掲げ、一息で飲み干し……

「「お、美味しい……!!」」

同時に、そんなことを言った。

ああ、エルミナの清酒だ。この日のために渾身《こんしん》の力作を作ったんだ。

メドゥサさんとアラニエさんは互いに顔を見合わせ、おかしくなったのかクスッと笑った。

この笑顔でわかった……もう、争いなんて起きっこないってね。

俺もなんとなく嬉しくなり、二人に言う。

「では、これにて友好の儀式を終わります。祝宴を用意していますので、お楽しみください!!」

パンパンと手を叩くと、円卓を運ぶサラマンダーたち、料理や酒を運ぶ銀猫たちが一気に入ってきた。

そして、一分もしないうちに宴会場には酒と料理が並ぶ。

「まぁ……すごい」

「あ、ああ……これが緑龍の村のもてなしか」

「さぁさぁ、みなさんグラスを!! 堅苦しいのはここで終わりにして、緑龍の村の酒と料理をお楽しみください!! さぁさぁどうぞどうぞ!!」

俺は率先してグラスを配り、銀猫たちに乾杯用のワインを注いでもらう。

まだアラクネーとゴルゴーンたちには遠慮があったが、俺は少し強引に酒を注いだ。

「さぁさぁ、メドゥサさんとアラニエさんも」

「あ、ありがとうございます」

「う、うむ。すまない」

二人にワインを注ぎ、ついでに俺もワインを持つ。

後は酒と料理を楽しんでもらって、互いに打ち解ければいい。

「ではみなさん、グラスを手に……かんぱい!!」

宴会が始まった。最初こそ静かだったが、酒が入ると一気に打ち解けた。

蛇と蜘蛛の下半身を持つ女性たちは、キャッキャウフフと盛り上がる。

「村で作られたお酒と料理はどうですか?」

俺はメドゥサさんとアラニエさんをもてなしていた。

「素晴らしい。この言葉しか出ませんね……特にお酒、不思議な味です。以前、お世話になった時とはまた違う味です」

「ああ。この透明な酒は素晴らしい。もちろん、ワインやエールもいい味だ」

セントウ酒が気に入ったのか、アラニエさんはグビグビ飲んでいる。

「美味《うま》い。うむ……アラクネー族の村にぜひ欲しい。アシュト村長、我らと取引しないか?」

お、アラニエさんが乗り気になっているぞ。

「我らが出せるのは……そうだな、この糸などどうだ? 強靭でしなやか、燃えにくいし着色も容易な糸を提供しよう。これで布製品を作るといい」

なんと、アラニエさんは自分のお尻部分から白い糸をシュルシュル出した。おいおい、こんな言い方はアレだが、恥ずかしくないのだろうか。

アラニエさんは適当な長さで糸を切ると、綺麗に束ねて俺に差し出す。

受け取って驚いた……すごくしなやかでサラサラだ。

「すごい……」

「ふふ。どうだ？　我らは狩りで糸を使うが、他の種族はこの糸を欲しがるんだ」

「いいですね……ぜひ。詳細な打ち合わせは後日また」

「むむむ……わ、私たちゴルゴーン族もお酒を希望します。この透明なお酒、美味しいです!!」

メドゥサさんは清酒のグラスを掲げた。

ああ、清酒は俺たちより、ワーウルフ族と取引したほうがいい。

「清酒はワーウルフ族と取引したほうがいいですね。生産は全て依託してますので……明日、担当の者を呼びます」

「対価は……ゴルゴーン族は彫刻や石材加工が得意です!!　何かお役に立てると思います!!」

「ふっ、無理をするなメドゥサ。この村にはエルダードワーフがいるのだぞ？」

「むぅぅ～……アラニエばっかりズルいです!!」

あれれ？　この二人もしかして仲良いのか？

キャーキャー言い争いを始めたが、どこか昔馴染みのじゃれ合いみたいな感じだ。

不思議と、話していると楽しい。

結局、セントウ酒を両種族に卸《おろ》すことが決まった。アラクネー族からは糸や繊維、ゴルゴーン族からは石材を取引材料として交易する。

こうして蛇と蜘蛛の大宴会は、朝まで続いた……いやはや、みんな飲みすぎだよ。

◇◇◇◇◇◇

えー、友好の儀式から数日後。

第三者である緑龍の村への友好の証として、ゴルゴーン族三名、アラクネー族三名が村に住むことになった。

ゴルゴーン族は村の石材加工を一手に引き受け、アラクネー族はミュディの製糸場で働くことになった。

アラクネー族はまだいい。お尻から上質な糸を出したり、ミュディから機織り機の使い方を習ったり、今までやったことのない織物作りを楽しんでいる。

自分たちの出す糸が上質とは聞いていたが、今まで織物には特に興味がなかったらしい。でも、自分で加工したハンカチを見て笑っていたとミュディが言っていた。

問題は……ゴルゴーン族だ。

石材加工はお手のものらしいゴルゴーン族。住処《すみか》は岩場で、岩に穴を空けて住居を作ったり、暇潰しに彫刻などを作ったりすることがあるらしい。

問題は、友好の証として最初に作ったもの……それはなんと、俺の姿を模した石像だった。

現在、村の中央にはゴルゴーン族の作った『アシュトの石像』が鎮座している。

「す、すごいね、アシュト」

「っぷ、くくくっ……お兄ちゃんの石像」

「素敵よ、アシュト？」

「お兄ちゃんかっこいい!!」

「ぶっふふふぅっ!!　くひ、はは、腹が痛い……っ」

ミュディはなんとも言えない表情、シェリーは笑い、ローレライは本気で感心、クララベルは大げさに喜び、エルミナは大爆笑していた。シェリーとエルミナ、後で覚えてろ。

この石像を作ったのは、ゴルゴーン族の若手で、メドゥサさんの妹ステンナだ。

「どうですか村長!!　あなたのお姿を忠実に再現しました!!」

「……あ、ありがとう」

『石像の俺』は、なぜか左手を腰に当て、右手を高く突き上げていた。

俺、こんなポーズ取ったことないけど……ステンナにはこう見えたのか？

ステンナは胸を張る。可愛らしいツインテールが揺れた。

「これからは村の石材加工はお任せを。石切場の整備に取りかかります!!」

ステンナたちゴルゴーン族は、村から近い場所にある岩石地帯を仕事場にして、石材加工をするようだ。

今までは石材加工はデーモンオーガがやっていたが、技術的にはゴルゴーン族のが上のようだ。

村の石畳や浴場、石像を作ったり、木材では賄《まかな》えないところを石にしたりと仕事が多い。

ステンナは大張りきりで、仲間のゴルゴーン二人に言う。

「エウリー、リュアレ。メドゥサ姉さまの言いつけ通り、緑龍の村でしっかり働きますよー!!」

「はい!!　ステンナ姉さん!!」

「がんばるっす!!　ステンナ姉さん!!」

「ではアシュト村長。お仕事にいってきまーす!!」

「「いってきまーす!!」」

「い、いってらっしゃい……」

ステンナ、エウリー、リュアレ。三人のゴルゴーン族は、蛇の下半身をニョロニョロさせながら這っていった。

俺の石像か……正直、かなり恥ずかしい!!

◇◇◇◇◇◇

ミュディは、魔犬族の少女ライラと手を繋《つな》いで製糸場へ向かっていた。

「くぅん……」

「ライラちゃん、どうしたの？」

「わぅぅ。蜘蛛さんたち、少し怖いの……」

ライラは、新入りのアラクネー族を怖がっていた。

上半身は人間で、下半身は黒い蜘蛛。蟲人の一種でミュディも最初は驚いたが、キラキラした目で機織り機の使い方を習う彼女たちを見て、すぐに打ち解けた。

だが、ライラはまだ怖がっている。

初めてサラマンダー族が来た時も怖がっていたライラ。

たまにいるのだ……亜人や蟲人といった異形《いぎょう》の姿をした者を怖がってしまう者が。

でもライラは今は、サラマンダー族を怖がってはいない。時間を掛ければ仲良くなれるはずだ。

ミュディはライラと手を離し、可愛らしいイヌ耳を揉むように頭を撫《な》でる。

「大丈夫。みんないい子なのは知ってるでしょ？　早く仲良くなって、みんなに裁縫を教えてあげてね」

「わぅん。わたし、教えられるかな……？」

「うん。きっと大丈夫……そうだ、ライラちゃんにはアンナの指導をお願いしようかな。年も近いし、仲良くしてあげてね」

「え……」

アラクネー族のアンナは、アラニエの派遣したアラクネー族で一番若い。

十歳ほどで、狩り以外の仕事をしてみたいと緑龍の村派遣に立候補したアラクネーだ。

ライラは、まだアンナと喋ったことがない。

「くぅん。でも……」

「大丈夫。きっと仲良くなれるよ」

二人が製糸場に到着すると、掃除、蚕《かいこ》の餌やりと、魔犬族の少女たちは自分の仕事をすでに始めていた。

アンナは機織り機の調整方法を、魔犬族の姉妹ダスク、シャインから教わっていた。

「おはようございます、ミュディさん!!」

「おはようダスク。シャインは？」

「えっと、倉庫にいます。機織り機の踏木《ふみぎ》の替えを取りに」

ミュディとライラに気が付くと、アンナは作業を中断して頭を下げる。

「おはようございます。今日もよろしくお願いします!!」

「わわっ、お、おはようアンナ。今日もよろしくね」

「はいっ!!」

アンナは、身体こそ子供だがアシュトより大きい。

下半身が蜘蛛で、黒い脚が八本あるせいだろうか。胸を隠す習慣がなかったせいなのか、上半身は裸のままだ。

この村に住み始めたアラクネー族とゴルゴーン族は、よく胸を隠すことを忘れていた。

ミュディは慣れたもので、カバンの中から胸当てを取り出しアンナに渡す。

「あの、今日は何をするんですか?」と、ミュディに尋ねるアンナ。

「えっと、納品分のストールと女性用下着を作るの。でもちょっと難しいから、アラクネー族のみんなは機織り機に慣れてもらう仕事をお任せするね。ライラちゃん、アンナをよろしくね」

「わうっ⁉」

「うん。機織り機と、後は……そうだ、みんな髪が長くて綺麗だから、髪紐《かみひも》を編んでみよっか」

「かみ、ひも?」

「うん、髪紐。ライラちゃん、できるね?」

「わ、わん‼　できる‼」

今日のライラの仕事は、機織り機の使い方と髪紐の編み方の伝授になった。

ライラは、中心に穴のあいた、切り込みの入った小皿サイズの丸板に、アラクネー族の出した糸の束を通し、切り込みに引っかける。

アンナは脚を折り畳んで座り、無言でライラの手元を見つめて同じようにする。

無言の視線にライラは緊張し、イヌ耳が項垂《うなだ》れ、尻尾《しっぽ》もへたっていた。

切り込みに糸を交互に引っかけていくと、穴のあいた中央から編まれた紐が少しずつ出た。

これが髪紐である。これまでライラが作った髪紐は、ミュアたち銀猫族にプレゼントしていた。

「……すみません。ここ、いいですか？」

「わうっ⁉　あ……」

アンナの脚が、ライラの尻尾に触れた。

ライラの身体がビクッと跳ねたのを見たアンナは、悲しそうに苦笑する。

「……すみません。脚、邪魔ですよね」

「あ……ち、ちがうの」

傷つけた。ライラは瞬間的に感じ、涙目になってしまう。そんなつもりはないのに、アンナは髪紐の織り方を教えてほしいだけなのに。

でも、太く黒く毛の生えた硬い脚が怖かった。

昔、まだこの村に来る前——魔獣に怯《おび》えながら放浪していた頃。何度も味わった魔獣の恐怖が蘇《よみがえ》る。

小さなライラは、戦うことができずに怯えていた。

父と母を疫病《えきびょう》で失い、悲しむ暇もなく住んでいた村を放棄した。生き残った魔犬たちに手を引かれ、行くあてもなく放浪した。

魔獣に襲われたこともあった。その時はなんとかなったが……死にそうな目に遭《あ》ったことも何度かある。

大きな獣、巨大な昆虫は、やっぱり怖い。

でも、アンナは魔獣じゃない。編み物をしに来た、アラクネー族の女の子だ。

ライラは、まっすぐアンナを見て言う。

「わ、わたし……わたし、ごめんなさい。あなたが怖くない人だってわかるのに、怖がって……わたし、弱いから……だから」

言葉にしにくい。でも、ちゃんと言う。

「わ、わたし、がんばるから、いっしょに、編み物しよ!!」

一緒にやる。自分の弱さは置いておく。今は、編み物をすることが大事だ。

そう言い聞かせ、ライラはアンナを見た。

アンナは、ライラが自分に怯えたことを……自分の脚を見て怯えたことを理解する。でも、編み物がしたいという気持ちははっきり伝わった。

アンナは、組紐用の木皿をスッと出す。

「教えてくれますか?」

「……うん!!」

アンナは編み物がしたいのだ。ライラはアンナに教えてあげたい。

なら、友達にだって、きっとなれる。

「あのね、ここは……こうして、こう!!」

「おお、なるほど……あの、この髪紐ができたら、交換しませんか？」

「わう!!　いいよー」

「……ふふっ」

ライラとアンナは、互いににっこり笑い合った。

その様子を見ていたミュディは、優しい笑顔で頷いた。

第三章　ミュアちゃんと飴《あめ》

アラクネー族、ゴルゴーン族が村に住むようになって何日か経過したある日。

「飴、ですか？」

「うん。いろいろお菓子はあるけど、飴ってなかったなぁと」

「なるほど……確かにそうですね」

俺——アシュトは新居のリビングを掃除している銀猫のシルメリアさんに、飴を作ってほしいとお願いした。

ことの発端は、『神話七龍』の一人、幼女の姿をした虹龍《こうりゅう》アルカンシエル様が「飴はないの!?」

と言ったところから始まった。

そういえばこの村、果物系のデザートやクッキーやケーキはあるけど、飴はない。

ビッグバロッグ王国では『飴屋』なんてのもあった。いろんな種類の飴が売られ、子供の頃ヒュンケル兄《にい》がよく買ってくれたのを覚えている。

シルメリアさんは、箒《ほうき》を片手に言う。

「確かに、砂糖水を煮詰めるだけなので簡単ですが……」

「じゃあ……あ」

お願いしようとして気付く。

シルメリアさん、いや……マルチェラもシャーロットもメイリィも、銀猫メイドたちはみんな忙しい。

まさか、掃除を中断して飴を作ってなんて言えない。

誰か手が空いている銀猫は……そうだ。

「じゃあ、ミュアちゃんを借りていい？　砂糖水を煮詰めるだけなら俺でもできるし、ちょっと試したいことがあるから、自分でやったほうがいいし。キッチンを使っていいかな？」

「もちろん構いません。ミュアはそろそろ洗濯から戻ってくると……」

と、ここで、洗濯籠《せんたくかご》を抱えた小さな銀猫がリビングのドアを開けた。

「にゃあ。洗濯終わったー……あ、ご主人さま!!」

「お疲れさま、ミュアちゃん」

「にゃううー」

頭を撫で、ネコ耳を軽く揉む。

柔らかなネコ耳は触り心地がいい。クセになる。

俺はミュアちゃんを撫でながら言う。

「ミュアちゃん。ちょっとだけ俺の手伝いをしてくれないかな?」

「にゃ？　お手伝い?」

「うん。飴を作りたいんだ」

「あめ……作る!!」

ミュアちゃんのネコ耳がピコピコ動いた……というわけで、さっそくやるとしますか。


キッチンに行くと、シェリーがいた。

「ん……あれ？　お兄ちゃんにミュア」

「シェリー、何してるんだ？　龍騎士の訓練は?」

「今日は早朝訓練だけで、後はお休みなの。それに訓練したくてもアヴァロンが少し熱っぽくてね……龍医師の見立てでは、軽い風邪だって」

アヴァロンはシェリーのパートナーのドラゴンだ。

「風邪か。大丈夫なのか？」

「うん。アヴァロンは飛びたがってたんだけどね。やっぱり安静にしてほしいから」

シェリーは風呂上がりなのかホカホカしていた。髪もフワッとしているし、部屋着のままだ。

「で、お兄ちゃんとミュアはなんでキッチンに？」

「にゃあ。飴を作るの」

「飴？」

「ああ。そうだ、お前も手伝ってくれよ」

「いいよ。ちょうど、甘いの欲しかったのよね」

ミュアちゃんは棚から砂糖の袋を出し、俺は鍋に水を入れる。

砂糖と水を混ぜ、かまどに火をつける。

「にゃう、まぜまぜする」

「うん。お願い」

ミュアちゃんはまだ小さいので、キッチンに立つ場合は足台が必要だ。

くつくつと砂糖水が煮え始め、透明でトロトロの液体になった。

「よし」

俺は飴の元を匙《さじ》で掬《すく》い、皿の上に適量をトロッと流す。そして、飴の元に串を置いた。

同じように三つ作り、冷やせば完成……つまり。

「シェリー、これを冷ましてくれ。あ、凍らせるんじゃなくて」

「わかってるわよ。あたしを誰だと思ってんの？　凍らせるだけがあたしの魔法じゃないのよ」

「にゃう。シェリーすごい!!」

「ふふふ。まぁ見て……あ、杖忘れた」

「おいおい。魔法師はいかなる場合も杖を手放すな、だろ」

「う、うるさい!!　お兄ちゃんの馬鹿!!」

シェリーは赤くなりながら部屋に杖を取りに戻った。

魔法師の基本として、杖は常に手放さないというのがある。魔法を使うのに杖は必要だし、身体の一部として扱うようにと俺は習った。もちろん、寝る時も手放さない。

杖を持ったシェリーが戻り、飴の元に向かって軽く振る。

すると、飴は一瞬で冷却された。

「よし、完成……はい、ミュアちゃん」

「にゃあ、ありがとー!!」

「シェリーも、ほら」

「ん、ありがと」

串を掴み、ゆっくり持ち上げると……固まった飴がピッタリくっついてた。

これで完成。砂糖水を煮詰め、冷やすだけ。

さっそく口の中へ入れると……うん、飴だ。甘いだけの飴。

「おいしい!!」

「ん～……懐《なつ》かしいわね。ヒュンケル兄がよく買ってくれたのを思い出したわ」

「俺も思い出した。飴屋ってどんな飴があったっけ？」

「えっと、果物の絞り汁とか、果肉入りとか。後は飴細工とかあったような」

「細工は無理だな。果実系の飴なら作れるかな」

「にゃうー、おいしい飴なめたいー!!」

「ははは。じゃあ、みんなで作ろうか。俺も作りたい飴があるんだ」

「にゃ？」

「作りたい飴？」

「ああ。ペパームィントの葉を使った『のど飴』だ。喉《のど》の炎症を抑える薬で、舐めると喉がスースーして気持ちいいんだ。風邪を引いた時とか、喉が痛い時に舐めるんだよ」

ペパームィントの葉。

俺の温室で育てているムィントの亜種で、ムィントより香りが強い植物だ。これは火傷《やけど》薬ではなく、殺菌剤として使っている。ちなみに普通に煎《せん》じて飲むとえぐみが強くて不評だ。

でも、錆《さ》びた釘や毒草などに触れた場合、体内の毒を殺菌しなければ命に関わる場合もある。苦いだのえぐいだの言ってる場合じゃないんだけどな。

それはともかく今回は、のど飴にするためにペパームィントを使ってみたい。

「喉を痛める人はけっこういるからな。いくつか作っておきたい。ミュアちゃんやシェリーも、何か作りたいものがあればいろいろ試してみよう」

「にゃあ!!　わたし、くだものいっぱい使いたい!!」

「あたしも!!　あ、ワインとかセントウとかどうかな？」

「面白そうだな。よーし……さっそく作ってみるか!!」

「にゃおー!!」

「おー!!」

というわけで、いろいろ試してみることにした。

◇◇◇◇◇

飴作り、始めてみるとかなり面白かった。

「うん……いっぱいできたな」

「にゃあ。飴いっぱい!!」

目の前には、果実系の飴やペパームィント飴、ミュアちゃんが作った果肉入りの飴など、十種類以上の飴が並んでいた。

いやはや、ちょっと作りすぎたかも。

俺はペパーミント飴を一つ摘《つま》み、口の中に。

「ん〜……スースーして美味しい」

「あ、あたしもちょうだい」

「にゃう……わたし、その匂いにがてかも」

喉がひんやりして気持ちいい。

飴はスライム製の瓶に入れておく。美味しいし、定期的に作るのはいいかもな。

ミュアちゃんは果物飴を瓶に入れてニコニコしていた。

「ご主人さま!!　これ、みんなにあげていい？」

「ああ、いいよ」

「にゃう!!　ありがとー!!」

そう言って、ミュアちゃんは部屋を出ていった。

シェリーは、ワイン入り飴を瓶に入れ、紫色のブドウ飴を一つ口の中に。

「ん、おいしい……作るの簡単だし、またやろっかな」

「ああ、その時はミュディも誘えよ。きっと飴細工作ってくれるぞ」

「ふふ、ミュディなら初めてやっても上手くできそうね」

飴作り、とっても楽しかった。

今度はみんなでやろう。子供たちにも作れそうだしな。

◇◇◇◇◇◇

ミュアは、飴の瓶を持って、ある場所へ向かった。

「るーみーなっ!!」

「……みゃう、なんだ」

「飴、あげる」

黒猫族の少女ルミナは、薬院にあるベッド下で昼寝をしていた。

すると、ミュアが飴の瓶を差し出してきた。

いきなりのことで欠伸《あくび》をして顔を擦りながら、つい反射的に飴を受け取ってしまう。

「えへへ。ご主人さまと一緒につくったの。おいしくできたー」

ご主人さま、その言葉にピクリと反応する。

アシュトはミュアのご主人さまで、ルミナの飼い主でもある。ミュアの匂いは嫌いではないが、アシュトにその匂いがついていると、ちょっぴり不機嫌《ふきげん》になるルミナ。

ルミナがアシュトに身体を擦りつけるのは、匂いづけの意味もあった。

「ねぇねぇ、舐めてみて」

「ん……」

「おいしい？」

「……りんご」

ルミナはリンゴ味の飴を口の中でコロコロ転がし、ネコ耳をピコッと動かした。

甘いのが好きなルミナは、ミュアの作った飴を舐める。まだ少し眠い様子だ。

「ねぇねぇ、飴ってけっこう簡単につくれるの。今度はルミナもいっしょにつくろう」

「……気が向いたら」

「にゃあ!!　ご主人さまも一緒だよ!!」

「……やる」

ルミナは大きな欠伸をした。ミュアは嬉しそうに言う。

「じゃあね。ライラたちにもあげてくる!!」

「みゃう……くぁぁ」

ルミナは適当に返事をして、口の中の飴をコロコロ転がした。

小さな黒猫にも、飴は好評なのだった。

第四章　漢《おとこ》の仕事

早朝。エルダードワーフたちは銀猫の作った朝食を平らげ、自分の身体の一部とも言える仕事道具を持って家を出る。

向かうのは、自分たちの担当する職場。

街道整備、住居建設、鍛冶場《かじば》、農園、酒造工場……製造関係において、ドワーフの知識に勝る者はそういない。

作業場とは別に、建築関係の図面を引いたり、作物の収穫量を記録したりする『事務所』がある。そこにエルダードワーフのアウグストはいた。

建築関係リーダー、アウグストは、ドワーフとサラマンダー、そして大工に憧れる悪魔《デヴィル》族や天使《エンジェル》族を集め、今日の仕事の話をした。

「おめーら。今日の建築予定物件は二軒だ。技を磨《みが》きてぇ奴に指導はしねぇ……いつも言ってるように技術は盗め。いいな？」

「「「「うぃっす、親方!!」」」」

一日に作れる住居は二軒。

移住希望は日々増えており、ハイエルフや天使族《エンジェル》、悪魔族《デヴィル》なども村に住み始めていた。

なので、住居はどうしても必要になる。しかも、それぞれの種族に合わせた住居にしなければならない。

アウグストは村の全体図を見直し、これからさらに大きくなるであろう『緑龍の村』の居住区を図面に起こしていた。

間違いなく、緑龍の村は町、そして都市にまで発展する……初期は乱雑に建築していたが、今は先の先を見越した建設をしている。

一日に二軒の家を建てるのも驚異的だが、その気になればもっと建てられる。

だが、突貫工事などエルダードワーフはしない。手抜き工事などするヤツがいたら、アウグストは青筋を立てて殴り飛ばしているだろう。

一切の妥協をしないドワーフの建築は、嵐や洪水が起きようともビクともしない。

「建築班、素材加工班は作業を開始しろ。家具班は指定の木製家具を。いいか、手抜きなんかしやがったら……テメェの骨を家の支柱に埋め込んでやるからな!!」

「「「「うぃぃぃっす!! 親方!!」」」」

最後に、脅《おど》しのような激励をして、建築班の作業が始まった。

酒造関係リーダー、エルダードワーフのワルディオは、ワイン樽《だる》を作っていた。

ワインは、出荷用と村で消費する用の二つ。この村では、酒の消費量が半端ではない。

ワインはほぼ毎日仕込む。熟成用、出荷用、村用と分けて仕込まれ、納品用のラベル作りや、セントウ酒用の木箱作りなども仕事のうちだ。

今や、緑龍の村最大の産業となった酒造り。当然だが、手を抜くなどあり得ない。

ワルディオは、自分が作った樽をしげしげと眺めていた。

「むぅ……悪くねぇんだが物足りねぇな。いい香りのする木で樽を作れば、ワインの風味も増すんだが……村長に相談すっか」

酒造工場でぼやくワルディオ。

すると、二人のハイエルフがやってきた。

「ワルディオさん、樽できたー?」

「おお。オレの作ったやつならあるぜ。持っていきな」

「うん、わかった」

シレーヌとルネアだ。二人は樽を軽々持ち上げ、ブドウの収穫場へ運んでいく。

樽を運んだ二人は、ブドウを潰して樽に詰めている、同じくハイエルフのエレインとメージュに合流した。

メージュは、シレーヌとルネアに言う。

「お疲れ。仕込んだワインがあっちにあるから、保管庫に運んでおいて」

「うん」

すると。エレインがルネアに聞く。

「あの、ルネアちゃん……腕、大丈夫？」

「うん。むしろ、魔獣の筋肉が入っているから、前より力が上がってるの……ほら」

ルネアは、かつて魔獣に食われ、切断寸前だった右手で樽を軽々持ち上げた。

失った肉を魔獣のものに代用する技術はダークエルフのものだ。これは、魔獣の肉は上手く接合すると強靭になる特性があるからである。

ぶっちゃけ、右腕だけならハイエルフ最強の腕力を持つことになったルネア。彼女は「じゃ、運ぼっか。シレーヌ」と声を掛ける。

「う、うん。あんたすごいね……」

「村長のおかげ」

ルネアは、アシュトのことを思い出し……頬を赤らめた。


農耕関係のリーダー、エルダードワーフのマディガンは、麦畑を眺めていた。

最初に苗《なえ》を植えた時の数十倍の規模となった麦畑。

酒造りに欠かせない麦は、ハイエルフとエルダードワーフが管理している。ワイン関係はハイエルフに一任、ドワーフの火酒にも使われる麦は、エルダードワーフが管理をしていた。

「ふむ……いい出来だな」

麦に触れ、マディガンは満足そうに頷く。

本来、収穫には数か月の月日を要する麦。

だが、アシュトの魔法で耕された畑は一月ほどで収穫ができた。これにはマディガンも驚いたが、アシュトも驚いていたのが少し笑えた。

ドワーフという種族である以上当然だが、マディガンも酒は大好きだ。麦畑に関して一切の手は抜かない。たとえ己を犠牲にしてでも、美味い酒を造る覚悟があった。

「よし……今日もやるか!!」

そしてマディガンは、今日も麦畑の手入れをするのだった。


鍛冶関係リーダーであるラードバンは、同じくエルダードワーフであり、里から素材や道具を運搬するマックドエルと話し込んでいた。

マックドエルの手には光る銀色の水晶があり、ラードバンはその石をしげしげと眺めた。

「コモンメタル……こんな大きいのは初めてだな」

「ああ。穴倉の採掘場で出た。これほど大きいのは珍しい」

「コモンメタルは加工が難しい。それに強度も低いから武器防具には使えんぞ」

「馬鹿たれ。おめーの頭ん中には武器しかねーのか？　加工っつーのは武器防具だけじゃねぇだろ。

せっかく純度の高いコモンメタルが出たんだ。こいつで彫像でも作って村長にプレゼントでもしろや」

「あぁ？　なんでオレが。おめーがやれっての」

「ワシは忙しくてな。すぐに穴倉に戻らなきゃいかん。四六時中鍛冶場にいるおめーが適任なのよ。じゃ、頼んだぜ」

「あ、おい、マックドエル!!」

マックドエルは手を振って去っていく。

「ったく、あの野郎……」

確かに、アシュトには世話になっている。

つい先日も鍛冶場の見学に来たし、その時はろくに構ってやれなかった。なのに、『世話になった』とラードバンに清酒を何本か送って寄越してきた。

「ま、いいか。せっかくだし使わせてもらうぜ……ありがとよ、マックドエル」

数日後。アシュトの家のリビングに、コモンメタルで作られたフェンリルの置物が送られたという。


エルダードワーフのフロズキーは、今日も浴場で湯の温度管理をしていた。

大鍋みたいな釜に川の水を入れ、適温に温めて浴場へ送る。温度管理は重要な仕事で、四六時中張りついていた。

フロズキーの住居は浴場の管理室だ。

管理室の中に布団が敷かれているだけだが、本人はこの仕事が好きなので苦にならない。

エルダードワーフの穴倉にいる時は、温度管理などする必要がなかった。地下から天然の湯が湧き出している。

浴場を作るというフロズキーの夢は、ドワーフの穴倉では実現不可能だった。なぜなら天然の湯のおかげで、作らなくても最高の大きな浴場があったせいだ。

だから、この緑龍の村で風呂を作れると聞いた時には興奮した。自分の腕を試せるからだ。

「いつか必ず~実現~させる~♪」

管理室で鼻歌を歌いながら、浴場の改修プランを考える。それだけで、フロズキーはとても楽しい。

浴場に魅《み》せられたエルダードワーフの戦いは、まだ始まったばかりだ。

「さぁて……今日もいい湯だなぁ~っと!!」

フロズキーは、今日も浴場仕事に精を出すのだった。

第五章　ディミトリ一家の休暇

「フゥ〜……いささか、疲労を感じますな」

闇悪魔族《ディアボロス》の悪魔商人、ディミトリ。

ディミトリは一人、魔界都市ベルゼブブにある『ディミトリ商会』の本店ビル最上階にある会長室で、書類の山と格闘していた……が、ずっと書類仕事ばかりで頭痛を感じ始めていた。

なので、羽根ペンを置いて立ち上がり、窓際へ。

「フゥ〜……いつ見ても、ベルゼブブの町並みは美しいですねェ」

ビッグバロッグ王国の数倍の広さを誇る魔界都市ベルゼブブ。

数千年を生きるディミトリも、ここまでの勢いで発展した都市はベルゼブブ以外ないと思っている。

市長にして闇悪魔族《ディアボロス》の長《おさ》、闇夜の王とも称されるルシファーが、数十人規模の集落をここまで成長させた。そして妹のディアーナは明晰な頭脳を持ち、都市発展の最高の功労者とも言われている。

「おっと、しかし発展といえば、彼を忘れてはいけない……」

数人規模の集落を、たった二年弱で村まで発展させた青年。

どこか、ルシファーを思わせる人望を持つ青年、アシュト。

様々な種族がアシュトの元へ集まり、一つの大きな村となった……ルシファーも驚いていたのをよく覚えている。

ディミトリもその人望に引き寄せられた一人である。

「フフフ……出会ってまだ一年弱、ですがもう数年来の友人の……うーむ、アシュト様はどう考えているのか」

と、一人ブツブツ呟《つぶや》くディミトリ。

すると、ドアがノックされた。

「どうぞ」

「失礼します。会長、カーフィータイムです」

そう言って秘書の女性が入ってきた。

「おっと、もうそんな時間ですか」

カーフィータイム。

仕事の合間に、ディミトリは必ずカーフィータイムを挟む。そうすると仕事の作業効率が上昇し、会社の利益にも繋がる。

この考えはディミトリ商会に浸透し、商会員はどんなに忙しくても必ずカーフィータイムを取ることを義務づけられている。

『商会は商会員によって成り立つ』がディミトリのモットーだ。

ディミトリは、会長室の窓際に備えつけられた高級椅子に座り、秘書が淹《い》れるカーフィーをジッと見る。

「……何か？」

「いや、いい香りですネェ……」

「クリスタルマウンテンで栽培されたカーフィー豆です。先日、商会が保有する菜園で少量ですが栽培に成功しました」

「なんと……!!」

初耳だった。

クリスタルマウンテンは魔界都市から少し離れた白い山で、光の加減で輝いて見えることからその名が付けられた。

気候の変化が激しく農作物を育てるのには向かない場所であるが、土壌は申し分なく、そこで育ったカーフィー豆は、高級豆レッドリバーを凌《しの》ぐ深みとコクがあるという。

「フゥム……ワタクシの耳には栽培の成功など入ってませんが」

「サプライズです」

「お、おぉ……」

秘書はニッコリ笑い、クリスタルマウンテンカーフィーに合わせたカップを出す。

お茶請けは、少し甘めのクッキー。ディミトリは甘い物好きだ。

「どうぞ」

「ウム。ありがとう」

まずは、香りを楽しむディミトリ。

「……素晴らしい。では」

そして、味を確かめる。

「……ウゥム、ワタクシ好みの苦み……いいですネェ」

秘書は柔らかく微笑み、頭を下げる。

ディミトリはクッキーを一つ、口の中へ。

サクサクとして焼きたてというのがよくわかる。それに、ディミトリの好みを押さえた絶妙な甘さ……クリスタルマウンテンカーフィーに匹敵するほど美味かった。

「…………」

クッキーに関して、ディミトリは何も言わない。

しばし無言でカーフィーとクッキーを楽しみ、ベルゼブブの町並みを眺め、秘書をチラッと見た。

視線に気付き、秘書はニッコリ笑う。

「何か？」

「あ、いや。その……リザベルは、よくやっている」

支店長であり、娘でもあるリザベルを褒めるディミトリ。

「知っています。あの子とは毎日連絡を取り合っていますので」

秘書の女性がそう言うと、ディミトリは「えっ」という表情になる。

「ふふ。意外かしら？」

「あ、いや……その、他の子たちとは？」

「もちろん、毎日お話しているわ」

「……フゥム」

「ディミトリ。秘書としてではなく妻として言わせてもらうけど」

と、秘書であり、実はディミトリの妻でもあるリリスはくだけた口調になる。

「あなたはもっと休むべきよ？　そうね……しばらく仕事をお休みして、緑龍の村で静養するのはどうかしら？　ベルゼブブとは違う大自然に囲まれて、のんびり釣りでもしない？」

「な、何を馬鹿な!!　仕事を休むなど」

「大丈夫。あなたがいなくても数年は平気なような仕組みを作ったから」

「何ィィッ!?　で、ですが、ライバル企業が、あの憎きアドナエル社長の『アドナエル・カンパニー』との競争が……」

「大丈夫。休んでリフレッシュしたらまた頑張ればいいわ」

「う、むぅぅ……」

「ディミトリ。カーフィータイムを設けるくらい仕事の効率にこだわるんだからわかるでしょう？

私はあなたにもっと休んでほしいのよ。それに、娘たちとの時間も……」

ディミトリは口をもにゅもにゅさせ、カーフィーを一気飲みする。そして、秘書であり妻のリリスに、言いにくそうに言った。

「り、リリス……その」

「なぁに？」

「あー……わかりました、わかりましたよ。そうですね……最後に休暇を取ったのは、アナタとの新婚旅行でしたっけ？」

「ええ。そうですね」

「では、娘たちとの時間を取りましょう。スケジュールの調整を」

「はい。では明日から二十日間の休暇を」

「わかりま……明日⁉　アスって……明日⁉」

「はい。娘たちには連絡をしておきましたので。旅行の支度も万全です」

「な、なんと……」

リリスは、ディミトリ以上のやり手だ。

こうして、ディミトリの休暇が始まるのだった。

◇◇◇◇◇◇

「というわけで……我々、休暇を取らせていただきます。アシュト村長」

「は、はぁ……いや、別に俺に報告しなくても……って、しかもその格好は……」

「休日ですので」

ある日、俺――アシュトの家に休暇の報告に来たのはディミトリ一家。

ディミトリ、リザベル、そして、司書の四つ子姉妹。

そして……もう一人は初めて見る。黒い髪を後頭部でお団子みたいにした、落ち着きのある女性だ。

……奥さんかな？　一家だし、そういうことだよなぁ。

「紹介しましょう。彼女はワタクシの妻リリス。普段はディミトリ商会の本部を任せています」

「へぇ～……ディミトリの奥さん」

「初めまして。夫がお世話になっているようで」

「い、いえいえ。ディミトリ商会にはいつも助けられてます」

「ふふ、そうですか」

「本職はワタクシの秘書なのですが、本部を空けることの多いワタクシの代わりに仕事の指揮を執《と》ることが多……いや、ほとんど執っていますな」

「そ、そうなんだ……」

「フフフ。というわけで、ワタクシの別荘にしばらく家族で滞在するので、くれぐれも仕事の話はおやめくださいい。妻が激怒するので」

「え、そこまでなのか……わかった」

次の瞬間、奥さんがディミトリの足を思いっきり踏んだ。

「ヌォオオオオッ!?」

「あなた、余計なことは言わないの。アシュト村長、この方の言うことはお気になさらず」

「は、はい。も、申し訳ありません……」

奥さん、めっちゃ怖い……足を押さえてピョンピョンしてるディミトリを完全無視し、同様にディミトリを無視しているリザベルと、悪魔司書四人を引き連れて去っていった。

「だ、大丈夫かディミトリ?」

「ふ、フフフ……この程度、なんてことありませんな」

「口は災《わざわ》いの元だな。というか、挨拶なんていいのに」

「フハハハ。妻がどうしてもアシュト村長に挨拶したいと言うので」

「そりゃどうも。というか、ディミトリのその格好、初めて見るな」

いつものディミトリは、胡散臭《うさんくさ》さしかないオールバックにタキシード。だが今日のディミトリは、カラフルな花柄のシャツに半ズボン、そしてサンダルというスタイルだ。

リザベルや悪魔司書四姉妹もラフな格好だったし、休日っぽい。

「せっかくだし、いろいろやってみたらどうだ？」

「フム。実はほぼノープランで休暇に突入したので、何をどうすればいいのか困ってまして」

「なるほど……そうだな。村でのんびりするとか、釣りに行ったりバーベキューやったり、アスレチックで遊んだり……あ、もし風呂入るなら村長湯使っていいよ。貸しきりにするからさ」

「え⁉　よ、よろしいので⁉」

「うん。俺、男湯のほうに入るから」

「おお……‼　ありがとうございます‼　このお礼は必ず‼」

「いや、そんなに畏《かしこ》まらなくても……」

たかが風呂で……まぁいいや。

ディミトリは指パッチンをすると、小さな魔法陣から羽根ペンと羊皮紙が現れた。

「えー……バーベキュー、釣り、浴場……後は？」

「そうだなぁ。奥さんを図書館に連れていくとか、ああそうだ、ハイエルフの里とかは？　クジャタ運送で一日で行けるし」

「おお‼　里の大樹、ユグドラシルにご挨拶ですな‼」

「ま、まぁ任せるけど」

休日の案をいくつか出すと、ディミトリは鬼気迫る勢いでメモを取る。

休暇の経験がほとんどないのか、休みに何をすればいいのか本当にわからないみたいだ……仕事漬けで大変だったんだろうなぁ。

ディミトリは羊皮紙のメモを見てニヤァ……と笑う。

まったく悪気のないこの笑みがどこまでも胡散臭い。それでこそディミトリなんだよなぁ。

「……なるほどなるほど。これが休暇なのですね!! ワタクシ、完全に理解しました。では!!」

ディミトリはダッシュで先を行く奥さんの元へ。

「……大丈夫かなぁ。まあ、楽しんでくれ」

そう思い、俺は仕事をするため薬院へ向かった。

◇◇◇◇◇◇

「あら、リザベル」

「エルミナ様。こんにちは」

「あ、そっか。休暇だっけ……いいわねぇ、家族揃って」

別荘に向かう途中、リザベルたちは果物の籠を持ったエルミナとばったり出会った。

リザベルはエルミナをリリスに紹介し、追いついたディミトリもエルミナに頭を下げる。

「休暇、楽しんでね。釣りとかしたいなら私に「釣りですかな‼」うわひゃっ⁉」

家族の邪魔をしては悪いと去ろうとしたエルミナの言葉を、ディミトリが遮《さえぎ》った。

そのままズィィィッとエルミナに顔を近付けるディミトリ。

「釣りの仕方をご存じで⁉」

「え、あ、うん。まぁ」

「ぜひともご指導願いたい‼　恥ずかしながら釣りの経験がなくぶっへぁ⁉」

ディミトリが後頭部をぶん殴られ、そのまま地面に倒れた。

殴ったのはもちろん、リリス。

「あらあら。私という妻がいながら、目の前で他の女性に言い寄るなんてねぇ……」

「ち、違うのだリリス。ワタクシは釣りのことを――」

「ふぅん……？」

真っ黒なオーラを放つリリスに、エルミナはビビりつつリザベルの元へ。

「ちょ、止めなくていいの？」

「ええ。問題ありません。あの、エルミナ様さえよければ釣りの仕方を教えていただけませんか？」

「別にいいけど……あんたらも？」

「はい」

「私たちも」

「釣りをやってみたいです」

「エルミナ様」

「「「ご指導、よろしくお願いします」」」

エルミナに問われ、悪魔司書四姉妹が頭を下げた。

「いいわよ。じゃあ道具を準備するから。そうね……明日でいい？　リザベル」

「はい。ではよろしくお願いします」

「「「よろしくお願いします」」」

四姉妹もリザベルと共に言う。

こうしてディミトリがリリスに睨《にら》まれている間に、明日の予定が決まった。


ディミトリは、まだリリスに怒られている。

「あなた、仕事で忙しいことにかこつけて浮気なんて……」

「バカを言うな!!　わ、ワタクシがお前以外の女性と」

「そうかしら？」

「そ、そうだとも!!　せ、せっかくの休暇を台なしにしたくない。勘弁してくれ!!」

「……まぁいいでしょう。あちらも話がまとまったようですしね」

「は？」

ディミトリとリリスがリザベルと四姉妹たちのほうを見ると、エルミナと楽しく予定を組んでいるところだった。

「あ、釣った魚をさばいて焼いて食べるのもいいわね。川釣りにしようかと思ったけど、湖で釣るのがいいわ。湖の前だとバーベキューのセットもあるし。あ、行く前に銀猫たちに言って、野菜と肉を分けてもらいましょ。そうだ、私の造った清酒も持っていきなさいよ」

「何から何までありがとうございます」

「んーん。任せておきなさいよ‼」

ドンと胸を叩くエルミナ、そしてエルミナに頭を下げる娘たち。

エルミナはディミトリに、こそっと言う。

「ディミトリ、あんたの見せ場も作ってあげるから安心なさい」

「おお……‼」

「じゃ、そういうことで明日ね‼」

ディミトリ一家の休暇は、まだ始まったばかりだ。

◇◇◇◇◇◇

ディミトリ一家の休日、二日目。

「で、これが釣り竿。リールもあるけど、とりあえず今日はナシね。針と糸、重りをつけて……よし、んで最後に畑で捕まえたミミズをつけるの」

緑龍の村近くの湖にて。

エルミナの指導の下、ディミトリ一家は釣り竿の仕掛け中。

針と糸をつけるだけだが、手こずるディミトリに大商人としての威光はまったく感じられなかった。ディミトリは冷や汗を流しながら釣り竿に糸を結ぶ。

「あなた、大丈夫？」

「ま、任せなさい。悪魔族《デヴィル》の上位種である闇悪魔族《ディアボロス》のディミトリが、この程度の仕掛け――」

「「「終わりました、エルミナ様」」」

「こちらも終わりました」

「お、速いわねー……うん、ちゃんと結べてる」

「はいぃっ⁉　む、娘たち、速いぞ⁉」

四つ子とリザベルはとうに結び終えていた。

悪魔司書四姉妹は図書館仕事で紐の結びや解きに慣れているし、リザベルもディミトリの館に搬入される商品の梱包を解いたり結んだりすることが多い。この程度の結びはどうってことない。

「あなた……」

「むむむ……‼」

だが、ディミトリは違う。

交渉や書類を書くことは大得意。だが紐や糸を結んだことなど、ここ数百年はない。

よく見るとリリスもすでに結び終わっている。

「父上。私がやりましょうか？」

「ま、待ちなさいリザベル。この程度、このワタクシが……っ、で、できました‼　どうですエルミナ様‼」

「どれどれ……ん、いいわよ。ちょい時間掛かったけどね」

「フフフフ、この程度造作《ぞうさ》もないですな‼」

「「「「「…………」」」」」

妻と娘の視線がジト～っとしていることに、気付かないふりをするディミトリだった。


かくして、釣りが始まった。

桟橋《さんばし》の上では、ディミトリ一家が釣り竿を握りのんびりしている。

するとディミトリの隣に座ったリリスが、持参したバスケットからサンドイッチを手に取り、ディミトリに差し出した。

「あなた、あーん」

「あーん……って、娘たちの前でっ」

「あら、いいじゃない」

「む、むむ……あ、あーん」

「「「「…………」」」」

リザベルたちは、父と母の仲睦《なかむつ》まじい姿を見て驚いていた。

仕事仕事仕事で夫婦の仲は冷えきっていると思っていたからだ。会長と秘書という立場で、ディミトリは毎日ベルゼブブや支店を忙しく飛びまわり、母はベルゼブブ本社に詰めて仕事をしていた。

立場は近しいが、会う機会はあまり取れなかったはず。自宅で会うことも少なかったはずだ。

だが、慌てるディミトリとイタズラっぽく微笑むリリスは、まるでアシュトとミュディのように初々《ういうい》しい。

「父上。竿が引いてますよ」

「おぉ!? 来た来た来た!! 見ているのですよあなたたち!! せいやっはぁっ!!」

四姉妹の一人エイシェトに言われて気付いたディミトリは思いきり竿を引く。糸もそれほど長くないので、思いきり引けば簡単に釣れるのだ。

ディミトリの針先には、大きくも小さくもない魚が一匹かかっていた。

「ど、どうですかみなさん!! ワタクシが釣り上げましたよ!!」

「おめでとうございます、父上」

「「「おめでとうございます」」」

淡々と言うリザベルと四姉妹。

「……あの、もっと感情を込めて」

「リザベル、あなたの竿も引いてるわよ?」

「あら」

リリスに言われ、リザベルは竿を引く……するとそこには、ディミトリの約三倍強の大きさの魚がかかっていた。

「あら、大きいですね」

「すごいじゃないリザベル」

「「「「さすがは姉上」」」」

「…………」

自分が釣った直後にこれ……さすがのディミトリもへこむ。

すると、エルミナがディミトリの肩をちょいちょいと突く。

「まだバーベキューがあるわ。コンロを用意したり、火をつけたり、家族サービスをしてみたら?」

「おお‼　そ、そうですな‼」

なぜエルミナがこんなに親切なのか。

実は、ディミトリに感謝されれば美味しいお酒やチコレートがもらえるかもしれないという打算から来ているのだが、当然ディミトリはそんなこと知らない。

ディミトリはエルミナと一緒に、バーベキューの準備を始めた。

「あんた、魚はさばける？」

「……で、できます」

「できないのね……まぁいいわ」

エルミナはディミトリの返事に、予想通りとばかりに、木桶から一匹の魚を取り出す。

「私が釣った魚。いい？　さばき方を教えてあげるから、一回で覚えなさい」

「お任せを!!　記憶力には自信がありますので」

「リザベルたちが釣ってる魚と私が釣った魚のさばき方に差異《さい》はないわ。とにかくエラを取って内臓を抜くだけ」

「…………」

「ちょっと、何青くなってんのよ」

「い、いえ……その、な、内臓ですか？」

「そうよ」

「…………」

「…………あんた、まさか内臓がダメなんて言うんじゃ」

図星のディミトリ。

エルミナは呆れて言う。

「いい、あの子たちが釣りを終えるまで数十分……それまでに内臓を克服しなさい‼」

「ななな、む、無理ですぞ⁉　ナマモノは苦手で」

「今さら何言ってんのよ‼　つーかナマモノ苦手なのに釣りしに来たの⁉」

「うぅぅ……」

「っぐ……あーもう、じゃあ火の支度を」

と、ここで時間切れ。

意外にも早く釣りを終えたリリスたちが、木桶いっぱいの魚を持って戻ってきたのだ。

バーベキューの準備はまったく終わっていない。

というか、火すらつけられていない。

「あなた？　またずいぶんと楽しそうにお話ししてるわねぇ？」

「あ、いやこれは、その」

「うふふ。妻と娘を放って、村長の奥様に手を出すというのですね？」

「ちちち、違いますぞ‼　ワタクシ、その、バーベキューの準備をしようと」

「母上、コンロに火を入れました。魚の処理をしましょう」

「ええ、今行くわ、リザベル」

いつの間にか、リザベルと悪魔司書四姉妹がコンロに火を入れていた。

しかも、野外用テーブルにはバーベキューの食材と釣った魚が並んでいる。

さすが女子……調理の準備はバッチリだった。

「あ、あぁ……わ、ワタクシの出番がぁ」

「あー……見せ場、ないわね」

さすがのエルミナも苦笑する。でも、まだまだ手はある。

ディミトリの肩を叩き、親指をグッと立てた。

「大丈夫。ハイエルフの里に行くんでしょ？　私も案内役で同行するから、そこで格好つけましょう!!」

「おお……エルミナ様、ありがとうございます!!」

「ふふーん。お礼、よろしくね」

ついにぶっちゃけたエルミナだが、ディミトリは気にしていなかった。

ディミトリ一家の休日は、まだまだ続く。

◇◇◇◇◇◇

ディミトリ一家の休日、三日目。

ディミトリ一家は、ハイエルフの里へ向かう『クジャタ運送』の定期便が停まる、緑龍の村入口に集まっていた。

ディミトリは、クジャタ運送の護衛を務めるデーモンオーガのバルギルドに話しかける。

「これがクジャタ……危険度の高い魔獣のはずですが、これを手懐《てなず》けるとはさすがですな」

「……大したことではない。殴って言うことを聞かせただけだ」

悪魔司書四姉妹、リザベル、リリスたちは、いつの間にか案内役になっていたエルミナから、ハイエルフの里について話を聞いていた。

「うちのワインは絶品よ。ハイエルフが悠久《ゆうきゅう》の時を掛けて造った超熟成ワイン、特別に一本だけ開けてもいいっておじいちゃんから許可もらったから、楽しみにしててね。あと、大樹ユグドラシルの見学に、守護獣フェンリルに乗って散歩もできるわよ‼」

「「「「おおー」」」」

「素晴らしい……母上、楽しみですね」

「ええ。噂にしか聞いたことのないハイエルフの里……まさか、自分が行けるなんてねぇ」

四姉妹とリザベルとリリスたちは、エルミナの話を聞いてウンウン頷く。

その様子を眺め、バルギルドは言う。

「……そろそろ出発だ。乗れ」

「はい。ではヨロシクお願いします」

一行はクジャタ運送の大型荷車へ。

中は広く、進行方向の向きに椅子が並べられている。壁一面がスライム製の窓で、外がよく見えた。

ディミトリとリリスは隣同士に座る。

「フム……これほどの大型魔導車、ベルゼブブにもありませんな」

「これだけ大きいと動かすだけで魔力が枯渇《こかつ》するでしょうね。私やあなたなら……うん、無理ね」

「ルシファー市長ならあるいは……と、考えても仕方ない。今の発展したベルゼブブを、これほどの大型魔獣が闊歩《かっぽ》するなど考えられませんな」

「ふふ、そうね……でも、あったらいいわね。こんな大自然に囲まれて、魔獣の引く荷車に乗るなんて……ねぇ、覚えている？　あなたが捕まえた魔蝿《まばえ》に乗って、ベルゼブブ郊外を飛んだこと」

「……そういえば、そんなこともありましたな」

夫婦の間に、ほんわりとした空気が流れる。

仕事で休むことがなかったディミトリにとって、ラフな格好で妻と共に座り、スライム製の窓を開けて外を眺めるなど何百……いや、下手をしたら千年ぶりのことだ。

「……思えば、ここまでいろいろありましたな」

若い頃、会社を興《おこ》したディミトリは必死だった。

悪魔《デヴィル》族の上位種である闇悪魔《ディアボロス》族に生まれたからだ。

闇悪魔《ディアボロス》族はビッグバロッグ王国でいう貴族のようなもので、衣食住にはまったく困らなかった……が、ディミトリは退屈な日常に飽き飽きして家を飛び出し、無一文から『ディミトリ商会』を立ち上げた。

お坊ちゃんの道楽と言われるのが嫌で、実家を頼ることは決してなかった。

たまたま末っ子だったので家を継《つ》げとも言われなかったし、将来を期待されてもいなかったので自由にできた。

忙しい日常が続き……たまたま、取引先の受付嬢だったリリスに恋をした。

いや、運命だったのかもしれない。

「……何？」

「いえ……なんでもありません」

リリスの笑顔に、恋をした。

仕事は楽しかった。それ以上に……リリスの笑顔が好きだった。

何度も会話をして、デートに誘い、レストランで食事をして……プロポーズをした。

服選びに半日かけた。花束を買い、告白をした。

「……若かった」

「あなた？」

「あ、いえ……なんでも」

くすぐったい過去を思い出して赤面するディミトリ。

過去を懐かしむほど年を重ねた。娘も五人生まれ、幸せだった。

驚いたのは、受付嬢だったリリスに商才があり、ディミトリ商会が大きくなったこと。それにより忙しさも増し、取引先も増え……アシュトに出会えた。

「リリス」

「どうしたの？　さっきから」

「いえ、過去を振り返っていたのです」

クジャタの背にバルギルドが立っている。

たまに放電するクジャタに感電しないように、この辺りではあまり使われない『ゴム』の手綱を握るエルダードワーフの御者が見えた。

ディミトリは、少し照れくさそうな様子で言った。

「ありがとうございます。この休暇……やはり正解でした」

「ふふ、何を今さら……」

クジャタが大きな咆哮《ほうこう》を上げ、バチバチと放電した。


半日後。ハイエルフの里の入口に着いた。

クジャタの馬車が入口に停まる。

「ね、バルギルド。この子、なんか歩くの速くなってない？」

「クジャタも学んだのか、荷車を揺らさずに最高速度を出せるようになった」

「へぇ～……やるじゃん」

エルミナの褒め言葉が聞こえたのか、クジャタはバチバチ放電。

バルギルドはご褒美《ほうび》の肉を荷物から取り出し、クジャタを撫でていた……放電を続けているので感電しているはずなのだが、バルギルドはまるで意に介していない。

エルミナは、荷物を降ろすディミトリ一家の元へ。

「さ、まずは今日の宿に案内するわ」

エルミナに連れられ、ハイエルフの里へ。

「おぉ……やはり美しいですな」

「ハイエルフ……神秘の森人《もりびと》、緑の化身、永遠の美と呼ばれた種族が住まう幻の里……すごい」

ディミトリとリリスはハイエルフの里に感動していた。

以前、ディミトリは来たことがある。だが、何度見てもハイエルフの里は美しい。

緑龍の村とは違い、大自然の景観をそのまま活かした作りの村だ。明るさよりも神秘的な雰囲気が強く、ただ歩いているだけなのに吸い込まれそうな感覚だった。

そんな中、ハイエルフであるエルミナは懐かしむこともなく歩く。その後ろ姿だけでも美しく、森の化身がそのまま歩いているようだ。

「んん～……やーっぱ故郷はいいわね。後でおじいちゃんのところに行こーっと‼」

元気いっぱいのエルミナは鼻歌を歌いながら歩く。

そして、一軒の簡素な平屋に到着した。

「ここが本日のお宿でーす!!」

エルミナの紹介に、ディミトリ一家が珍しそうに建物を眺める。

「クジャタ運送のおかげで里に出入りする種族が増えたからね。宿泊用の家を何軒か作ったのよ。緑龍の村みたいな立派なもんじゃないけどね」

「いえいえ、そんな……ありがとうございます、エルミナさん」

リリスが頭を下げる。

エルミナは照れつつ、家のドアを開けた。

リビング、キッチン、隣の部屋にはベッドが七つ並んでいる。

「トイレは裏、お風呂はないけど、ハイエルフが使う泉があるからそこで身体を洗えるわ。後で案内してあげる……あ、もちろん男子禁制ね」

「わわ、わかっていますとも!!」

「あなた、恥ずかしいマネはなさらないでね」

「しません!!　娘たち、その目をやめてください!!」

「「「「…………」」」」

エルミナに言われ、賑やかに喋るディミトリ一家。

こうして、ハイエルフの里での休日が始まった。

◇◇◇◇◇◇

そこは、森に囲まれた美しい泉だった。

木々に囲まれた大きな泉。柔らかな日差しが降り注ぎ、透き通るような泉にはどこからか水が流れる音がする。泉には様々な葉が浮かび、泉を彩る。

ここは、ハイエルフの浴場。

水の温度はぬるめで、温かくはないが身体を流すのにピッタリの場所である。

ディミトリを除く一家は、エルミナの案内で泉にやってきた。

「どう？　緑龍の村の浴場には劣るけど立派なもんでしょ!!」

「いえ、これは素晴らしい」

「趣《おもむき》がありますね……」

リザベルとリリスが泉を見つめたまま言った。感動し、目が離せない様子だ。

エルミナは、泉近くに建てられた簡素な屋根つきの脱衣所にリリスたちを案内すると、おもむろに服を脱ぎだした。

「じゃ、入ろっか。服は脱いだら適当な籠に入れて」

なんの躊躇《ためら》いもなく服を脱ぐエルミナに、同性といえど気恥ずかしさを感じるリリスとリザベル。

だが、悪魔司書四姉妹は気後れせずに脱いで次々に言う。

「姉さま」

「お母様」

「こんな素晴らしい浴場、滅多に入れるものではありません」

「さっそく入りましょう」

「「「「さぁ」」」」

「そうね……リザベル、入りましょうか」

「はい、お母様」

「ほらほら、脱いだ脱いだ」

エルミナに促されてリリスとリザベルも服を脱ぎ、手拭いだけ持って泉へ。

広い泉では、何人かのハイエルフ女子が汗を流していた。

その光景の美しさたるや……

ハイエルフの容姿はみな美しい。素肌を晒し、キラキラ光る水で身体を流す作業そのものがまるで絵画のような美しさ。森に差す光が身体を照らし、目が離せない光景である。

だが、しかし……

「あー疲れた……ねぇ聞いてよぉ、うちの旦那《だんな》ったらあたしがイヤだっつってんのにがっついてきてさぁ」

「あっはっは。子供欲しいんでしょー?」

「あんたんとこはもう三人もいるんでしょ? 育児って大変?」

「そりゃね。毎日毎日ガツガツ食べるわ、貯蔵してたブドウも食べるわでもう大変よ」

話してる内容は主婦そのもの。外見は二十代前半にしか見えないのに、だいぶ苦労しているようだ。

エルミナは裸身を隠そうともせず、手拭いを肩にかけて振り返る。

「この泉の水はね、肌がすべすべになるし髪につけるとサラサラになるの」

「ほう、それは興味深い」

クセッ毛ぎみのリザベルが目を光らせる。

悪魔司書四姉妹はすでに泉で身体を流し、互いの髪を揉み洗いしていた。

リリスはエルミナに質問する。

「ハイエルフの方々は石鹸《せっけん》などお使いになられないのですか?」

「あるけど、あんま使わないわね。魔獣の解体とかして血がついた時とか、畑仕事で汚れた時くらいじゃない? 水浴びの時は何もつけないわよ」

エルミナは泉の岩場に座り、泉の水を掬って身体にかける。まるで女神のような気品だ。

リリスは泉の水を自分の身体に揉むようにかけ、髪も丁寧に洗う。すると、エルミナの言うとおり肌がしなやかですべすべになった。

「……そういうことですか」

「お母様？」

「見なさいリザベル。この泉の底……」

泉の底には、綺麗な小石や落ち葉がたくさん沈んでいる……これらを見てリザベルは気が付いた。

「まさか、これは……薬草？」

「ええ、この周辺の木々……全て薬草の木ですね。それらの葉が泉に溶け、泉全体が薬品のようになっていると思われます」

「ですが、薬草同士溶け合えば、効果が重複したり濃度が上がって毒になったりする場合も。アシュト村長なら詳しいと思いますが」

「……おそらく、奇跡のような割合で薬草同士が溶け合い、これほどの効果を生み出しているのでしょうね。長い年月の奇跡……ここの薬草を調べても、同じような泉を作ることは不可能でしょうね。アシュト村長ならあるいは、濃度を計算し作ることができるかもしれませんが」

「……確かに」

「ま、今はこの素晴らしい泉を堪能しましょうか」

そう言って、リリスは泉に浸かる。

四姉妹は身体のサイズチェックを始める。

そのうち四姉妹の一人であるアグラッドが裏切ったなどと言いながら、三人がかりでアグラッドの胸を揉みしだいて騒ぎだす。

「あなたたち、何をしているの？」

「お母様」

「アグラッドが裏切りました」

「一人だけ胸が、胸が……成長しています!!」

「ち、ちが……ご、誤差です誤差!!」

「「「裏切者には粛清《しゅくせい》を」」」

「いやぁぁぁーっ!!」

騒がしくも楽しい入浴はまだまだ続きそうだ。

◇◇◇◇◇◇

一方、ディミトリは。

「ほほぉ……これが」

「ハイエルフの里に伝わる小麦料理さ。小麦粉をこねて団子状にして、鳥肉や野菜と一緒に煮込むんだ」

「ふむ。これならワタクシにもできそうですねぇ」

ディミトリは十分という短時間で入浴を終え、エルミナが夕飯の支度をお願いしたハイエルフの料理人に簡単な料理を教わっていた。理由はもちろん、家族に手料理を振る舞うため。

小麦粉を団子にするならディミトリにもできる。

「次はこれ。じゃがいもを細かく切って、水と卵と小麦粉と混ぜる……んで、そのまま焼くだけだ。簡単だろ？」

「おおぉぉ……ワタクシにもできそうですな!!」

意外も意外。ディミトリはフライパンの使い方が上手かった。

そして、料理が完成。

「スウィートトン汁とポテェト焼きだ。簡単に作れるし味もいい、だから狩場とかの昼食で振る舞われるんだ。夕食としては質素だが……」

「いえいえ!!　こういうのを食べたかったのですよ!!」

「そうかい。そう言ってくれるとありがたい」

ハイエルフの男性料理人は笑った。

「じゃ、オレは行くぜ。エルミナによろしく言っといてくれ」

「ありがとうございました!!」

こうして、夕飯が完成。

しばらくして、リリスたち女性陣が戻り夕食が始まった。

「これ、お父様が?」

「ええ。シンプルですが味は保証しましょう」

「あなた……ありがとうございます」

「いえいえ!! ささ、冷めないうちに」

「「「「いただきます」」」」

四姉妹は、スウィートン汁をまったく同じ動きで啜《すす》り、ポテェト焼きをパクっと食べる。

「「「「……おいしい。美味しいです、お父様」」」」

「おお!! ささ、リザベルとリリスも」

「おいしい……」

「あら、美味しいわ」

リリスとリザベルは、ポテェト焼きを食べて感動していた。

いや、感動していたのはむしろディミトリ。これでバーベキューでの失態は帳消しにできた。

「ふふ……さぁさぁ、どんどん食べてください!!」

この後、エルミナが差し入れのお酒を持ち込んでワイワイ騒ぎ始め、賑やかな声を聞いたハイエルフたちが押しかけ宴会となる。

楽しい時間は、まだ始まったばかりだ。

第六章　アシュトの楽しい薬草採取

ディミトリ一家とエルミナがハイエルフの里へ向かった後。

俺——アシュトはウッドと黒猫族のルミナを連れ、森に薬草採取に来た。

護衛はデーモンオーガの子供たち、キリンジくんとエイラちゃん。そして休みでヒマだと言ってついてきたハイエルフのルネア……なんだか、今までにない組み合わせだな。

キリンジくんは周囲を警戒していた。

俺は、ルミナの尻尾をジーっと見ているエイラちゃんの頭を撫でながら森を進む。

「治療用の薬草は栽培しているから、今日は研究用の薬草を採取しよう」

『サガス、サガス!!』

「探すの!!」

「探そー」

ウッドが跳ね、エイラちゃんも真似して跳ね、ルネアがのんびりと言う。

オーベルシュタイン領土にはまだまだ知らない薬草が多い。図鑑もないし、自分の手で採取して情報を集めるしかない。

そんな時に役立つのが『緑龍の知識書《ムルシエラゴ・グリモワール》』だ。

薬草を見ながらページをめくるとあら不思議。その薬草の情報が表示されるという便利な本。

だけど、今日俺が持っているものは違う。

「あれ、村長。その本って何？」

ルネアが、『緑龍の知識書《ムルシエラゴ・グリモワール》』ではない本を持っているのが気になったようだ。

「気付いたか……ふふふ。実は最近、ハマッてる趣味があるんだよね」

「？」

「実はこれ、何も書かれてないんだ」

みんなに本をめくって見せると、そこにはまっさらなページしかない。

そう、これが俺の趣味の一つ。

「これに収穫した薬草の情報を書こうと思ってね。言うなれば『オーベルシュタイン・薬草図鑑』ってところかな。まだまだ書き始めだけど、すっごく楽しいんだ」

「なるほど……それがあれば誰でもオーベルシュタイン領土の薬草や毒草の知識を得られるってわけか。さすがです、村長」

「あ、うん。あはは、なんか照れるね」

真面目なキリンジくんの称賛に照れる俺。頬をポリポリ掻き、恥ずかしさから本をしまって、みんなに言う。

「さ、さぁて、今日はみんなにも採取を手伝ってもらおうかな。ルミナ、ルネア、エイラちゃん、ウッド、よろしくね。キリンジくんは護衛を」

「ふん。後でいっぱい撫でろよ」

「頑張ろー」

「おにーたん、がんばるの!!」

『ガンバル!! イッパイタベル!!』

「任せてください」

さて、俺も頑張るかな。

調査開始してから数時間が経った頃、知らない薬草を見つけた。

「お、これは……」

＊＊＊＊＊＊＊＊＊＊＊＊＊＊＊＊＊＊＊＊＊＊

「スィソ」

○匂い消しなんかに使われる薬草ね～♪

防腐、防虫剤にも使われるわ♪

＊＊＊＊＊＊＊＊＊＊＊＊＊＊＊＊＊＊＊＊＊＊＊＊＊＊＊＊＊＊

「なるほど、匂い消しか……料理にも使えそうだな」

俺は『緑龍の知識書《ムルシエラゴ・グリモワール》』を開き、赤みがかった紫色の植物を観察し、お手製の図鑑に名前を書いてスケッチする。それから葉っぱを一枚ちぎり、俺の隣でしゃがんでいたウッドに渡す。

「ウッド、これ後で増やしてくれ」

『ワカッタ、ワカッタ‼　イタダキマース‼』

ウッドにスイソの葉を食べさせると、増やしてもらえるんだ。取り込んだ植物を増やすことができる……薬師にとってこれほどありがたい能力はない。

なんとなくウッドの頭を撫でると、エイラちゃんが黒っぽい紫の植物を、根っこから引き抜いて持ってきた。

「おにーたん、美味しそうなのがあったの‼」

「お、ほんとだ」

「えへへー、えらい？」

「うんうん。さすがエイラちゃん」

エイラちゃんを撫でながら『緑龍の知識書《ムルシエラゴ・グリモワール》』のページをめくる。

＊＊＊＊＊＊＊＊＊＊＊＊＊＊＊＊＊＊＊＊＊＊＊＊＊＊＊＊＊＊＊＊＊＊＊
「トリクァブト」※猛毒注意!!
○猛毒の植物♪　食べると舌のしびれ、手足のしびれ、嘔吐、腹痛、下痢、不整脈、けいれん、呼吸不全になっちゃう♪　あ、最後は死んじゃうから気を付けてね～♪
＊＊＊＊＊＊＊＊＊＊＊＊＊＊＊＊＊＊＊＊＊＊＊＊＊＊＊＊＊＊＊＊＊＊＊

「…………」

「おにーたん？」

「あ、いや……うん、エイラちゃん、これもらっておくね。他の植物を探してもらってきていいかな？」

「うん!!」

エイラちゃんはルネアの元へ走っていった。

とんでもない猛毒の植物だったたな。こんなの口に入れたら助からない。

『オイシイ、オイシイ!!』

「はは、美味しいか……ってウッド!?　それ猛毒だぞ!?」

ウッドは猛毒のトリクァブトをモグモグ食べていた。

慌てる俺だが、ウッドは平然としている……え、なんで？

「う、ウッド、身体は大丈夫なのか？　それ、毒草……」

『オイシカッタ!!　モットタベタイ!!』

「と、とりあえず毒草はダメ。ふむ……植物同士だから毒が効かないのか？　少し様子を見るか」

少し様子を見たが、ウッドは特に変わらなかった。

それどころか自分で見つけてきたトリクァブトをモグモグ食べている……おいおい、毒草が美味しいってマジなのか。

すると今度はルネアが何かを持ってきた。

「これ、見たことない」

「どれどれ……」

ルネアが持ってきたのは、キラキラした桃色の花だ。なんか形がいやらしいというか、なんとなく側に置きたくないような気がする……とりあえず調べるか。

＊＊＊＊＊＊＊＊＊＊＊＊＊＊＊＊＊＊＊＊＊＊＊＊＊

「サチュロン」

○超強力な媚薬《びやく》になる薬草ちゃん♪

ふふ、煎じて飲めば……わかるよね？

＊＊＊＊＊＊＊＊＊＊＊＊＊＊＊＊＊＊＊＊＊＊＊＊＊＊＊＊＊＊＊＊＊＊＊＊＊

「…………」

「村長？」

「……あ、いや、うん。ありがとう」

び、媚薬とか……いや、俺はいらないけど、うん。村で必要になるかもしれないし。

えーっと、とりあえず情報は記載しておこう。誰かが欲しいって言うかもしれないしな。

サチュロンを模写していると、ルネアが背後から覗き込んできた。

「村長、絵うまい」

「ああ。植物を見ただけでわかるように、特徴なんかを模写することが多かったからな」

「おおー」

「というかルネア……その、あんまりくっつかないで」

ルネアは俺の背中に覆《おお》いかぶさるように抱き着いてくる……その、胸が当たるんだが。

うーん……ルネアがグイグイ来る。ルネアってこんなにベタベタする感じだったかな？

すると、ルミナが手ぶらでやってきた。

「みゃう。飽きた……それにお腹減ったぞ」

「ああ、もうお昼か。そうだな……少し休憩しますかね」

今日のお昼はシルメリアさんが作ったお弁当。

適当な空地《あきち》に移動してみんなで食べ、午後に薬草採取を再開した。

◇◇◇◇◇◇

日が暮れる前になり、村に帰ることにした。

今日だけで十種類ほどの薬草をスケッチし、ウッドに食べてもらった。

やっぱり植物っておもしろい。オーベルシュタイン領土は広いし、これからの長い人生でどれだけ調べられるか……うん、実に楽しみだ。

「みんな、今日はありがとう。本当に助かったよ」

そう声を掛けて、手伝ってくれた面々に頭を下げる。

「えへへー、おにーたん、また一緒に行こうね!!」と、エイラちゃん。

「わたしもまた行く」と、ルネア。

「みゃう。あたいはたまにでいい」と、ルミナ。

『タノシカッタ!!　オイシカッタ!!』

「護衛ならオレに任せてください」

そう言ったのはウッドとキリンジくん。

みんなと村に戻り、エイラちゃんとルミナとウッドにはお菓子を、キリンジくんとルネアにはお酒をお礼に渡した。

自宅に帰り、夕食と風呂を終わらせ……俺は一人、自室で自分の描いたスケッチに色を塗る。

「というか、森には毒草と媚薬がけっこう自生してるな……覚えておかないと」

媚薬……いやいや、まだ作らないからね!!

第七章　一人前になる前に

『パパ、元気?　わたしはすっごく元気です!!　毎日お兄ちゃんと一緒にご飯を食べて、一緒にお喋りして、夜は一緒のベッドに入ってくっついてお話をするの。すっごく気持ちよくっていつの間にか寝ちゃうんだけど、お兄ちゃんが優しく頭を撫でてくれるの。姉さまもお兄ちゃんと一緒に寝るのが好きだって言ってた!!

最近、お菓子作りに凝《こ》ってます!!　銀猫たちやハイエルフたち、他にもお菓子作りが得意な種族がいーっぱいいるので、レシピはどんどん増えていくの。わたし、村でお菓子屋さんやりたいって言ったら、お兄ちゃんがお店出そうって言ってくれたの!!　でもね、まだまだ勉強不足……もっともっとお勉強して美味しいお菓子いーっぱい作れるように勉強します‼　えへへ、パパもわたしのお菓子食べてね‼』

◇◇◇◇◇◇

ここは龍人の国であるドラゴンロード王国の王城、国王の執務室。

国王ガーランドは、愛娘クララベルの手紙を見てだらしなくにやけていた。

「うんうん。お菓子楽しみにしてるぞ〜♪　んふふ、かわいいクララベル」

執務室には文官が数名書類仕事をしていたが、国王が超絶親バカということを知っていたので特に表情を変えず淡々と仕事をしている。

すると、執務室のドアがノックされた。文官の一人がドアを開けて対応する。

「ガーランド王。アルメリア様がいらっしゃいました」

やってきたのは、ガーランドの妻であり、ローレライとクララベル姉妹の実母のアルメリアだ。

長い銀髪を揺らし、表情が上機嫌だと物語っている……原因はガーランドが手に持った手紙だ。

「あら、あの子たちからの手紙？　あの子たち、楽しくやっているようで何よりね。ふふ、ローレライの手紙、見る？」

「見せてくれ。こっちはクララベルの手紙だぞ」

手紙を交換して読んでいると、アルメリアがクスッと笑う。

「ふふ……ローレライの手紙はアシュトくんの話ばかり。夫婦仲は良好ね……もしかしたら、近いうちに妊娠の報告が来るかもね」

「なななな、なんだとぉぉぉーっ‼」

ガーランドがそう言って執務机を両手で叩いたせいで亀裂《きれつ》が入る。

「もしもの話よ。バカね」

「そ、そうか……なんだか複雑だ」

汗を拭う仕草をしたガーランド。

アルメリアは呆れつつ、思い出したように言う。

「そういえば、レクシオンとフォルテシモお義姉《ねえ》様が近々来るそうよ。アイオーンも一緒にね」

「げっ……ね、姉ちゃんが来るのか」

「ふふ、ガーランド、あなたフォルテシモお義姉様が苦手だもんね……実のお姉さんなのに」

フォルテシモとレクシオンの夫婦、そして二人の子供アイオーン。

フォルテシモはガーランドの実の姉であり、レクシオンはアルメリアの実の弟。二人が結婚して生まれたのが娘のアイオーンだ。当然だが『龍人』である。

「うぅ……姉ちゃんがレクシオンと隠居して何年経った？」

「まだ千二百年くらいね。ほら、アイオーンが生まれてちょうど十八年、身体も成長したし、ドラゴンロード王国の文化を学ばせるために、留学に来るみたい」

「うぁぁ～……」

ガーランドは、『鋼光龍《ダイヤモンド・ドラゴン》』と呼ばれる姉のフォルテシモが大の苦手だった。

「レクシオン、元気かしら。ふふ、あの子もあなたに負けず劣らずの親バカだからアイオーンに夢中かしらね」

「……はは」

ガーランドは薄く笑う。アルメリアの弟である『蒼空龍《ブルースカイ・ドラゴン》』レクシオンとは気が合うのだが、過去に神話七龍の一人であるシエラを巡って殴り合いをしたことがある。

ガーランドはコホンと咳払い。

「あー、アイオーンは留学と言ったな？　ドラゴンロード王国内の学園に入れるのか？」

「ええ。フォルテシモお義姉様の教育で、一般常識や礼節は叩き込まれているらしいけど、やはり同世代の友人とのふれあいは必要ですからね。ローレライとクララベルのいい友人になると思ったけど、アシュトくんと新婚な二人には会わせづらいわね……」

「ふーむ……」

と、ガーランドはここで名案を思いつく。

「あ!!　なら、アシュトくんの村に留学させるというのはどうだ？」

「え……？」

「緑龍の村ならローレライとクララベルも、それ以外の種族もたくさんいる‼　いい友人を作るという目的ならピッタリだ‼　それに、あそこにはオーベルシュタイン領土の英知が詰まった図書館もあるし勉強には最適だろう。図書館にはローレライもいるしな‼」

「……まぁ、確かに」

「よーし‼　ではさっそくアシュトくんに手紙を書こう。うーむ……龍人の留学に関する重要な手紙だ。これは私自ら届けるべきだろう‼　うんそうだ、そうしよう‼」

「…………」

と、ここでアルメリアがじーっとガーランドを睨む。

どうやら、ガーランドの目論見があっさりバレたようだ。

「ガーランド、あなた……緑龍の村に行きたいだけでしょ」

「ぎっくりどきぃぃぃぃっ⁉　そそそ、そんなわけないだろう……」

「…………」

「……すみませんでした」

「はぁ……まぁ、その気持ちはわかりますけどね」

「え、じゃあ‼」

「予定を確認しますのでお待ちなさい。わかっていると思いますけど……国王が国を空けることがどれほどのことなのか」

「わかってるわかってる。あ、行くならお前も一緒だからな!!」

「……はいはい」

アルメリアは、小さく苦笑した。

◇◇◇◇◇◇

ある日、俺――アシュトとローレライとクララベルは、龍騎士宿舎前の訓練広場にいた。

龍騎士たちの訓練が終わり、今は誰もいない。なので、ローレライとクララベルの『特訓』のためにここに来たのである。

俺とローレライの前には、雪のように真っ白なドラゴンがプルプル震えている。純白の体毛に包まれた『白雪龍《ブランシュネージュ・ドラゴン》』。クララベルのドラゴンとしての姿だ。

『んんん〜……っぷはぁ!! やっぱり無理だよぉ〜』

「クララベル、もっと集中なさい。ドラゴンに変身する『龍人態《りゅうじんたい》』を習得しないと、一人前の龍人を名乗ることはできないわ」

『姉さまぁ〜……』

「私も頑張るから、一緒にね?」

ローレライに叱られたクララベルが、俺に泣きついてくる。

『うう～……お兄ちゃん、撫でてよぉ』

「はいはい。よーしよし」

俺は頭を突き出してくるクララベルを撫でる。すると、スピスピと鼻を鳴らし甘えてくれた。

純白の翼竜であるクララベルは、ドラゴンの中では小さいほうだ。大きな翼と長い尻尾を持ち、目だけが赤い。体毛が生えており、触るとフカフカしている。

「それにしても、ドラゴンってすごいよな。ある程度姿を変えられるんだっけ？」

「ええ。お父様の姿を見たなら知っていると思うけど」

「知ってる……目の前で見たからな」

ドラゴンは、三つの姿に変身することができる。

一つは『人間態』という、ご存じ人間の姿。

二つ目は『翼龍態』で、俺も見たことがあるドラゴンに変身した姿。

最後が『龍人態』……人間の姿とドラゴンの姿を合わせた形態で、この形態が最もドラゴンの力を引き出せる形態らしい。その分、習得が難しく修業も大変だとか。

ローレライとクララベルは、『龍人態』の習得訓練に勤《いそ》しんでいるのだ。

「ふぅ……やっぱり一筋縄じゃいかないわね」

「そんなに大変なのか？」

「ええ。お父様とお母様も習得に何百年と掛かったらしいから……私やクララベルもそのくらい掛かるわ」

「桁が違うな……」

「ドラゴンの寿命は永遠に近いからね。まぁ、焦らず毎日訓練を続けるわ」

『姉さま、お腹へったー』

「はいはい。果物を用意したから食べましょう」

俺とローレライは、リンゴの入った木箱を開け、ドラゴン姿のクララベルの口にリンゴをポイポイ投げ入れる。ローレライ曰《いわ》く、たまにはドラゴンの姿で食事したいらしい。

クララベルはリンゴを丸呑みしたり、味わってるのかムシャムシャ咀嚼《そしゃく》したりしている。

口の中は鋭い牙がびっしり生えており、やっぱりドラゴンなんだなぁと実感した。

『姉さま、お兄ちゃんを乗せて飛びたいなー』

「だーめ。今日は特訓するって約束でしょう？　アシュトも、クララベルを甘やかしちゃダメだからね」

「わかってるよ」と、俺はローレライに返事をする。

『ちぇー』

「ほら、食べたらもう一度。その次は私がやるから」

『はーい』

クララベルはローレライとそんな会話をしながら、木箱いっぱいのリンゴを完食。

休憩後、再度『龍人態』の訓練をしたが、やっぱり変身できなかった。

「はい。今日はここまで、次は私が練習するから、変身を解いていいわよ」

『はーい……んしょっと』

クララベルは人間の姿へ。

ズムズムと身体が小さくなり、服が形成され、いつものクララベルに戻る。

ちなみに、服は自分の身体の一部で作られているので、変身しても破れることはない。まぁ、変身するたびに服が破れてたら着替えが大変だ。

「ぷはー!! お兄ちゃん、今度は背中に乗せてあげる」

「ああ。その時は散歩して、広い場所で昼寝でもするか」

「うん!!」

「おっと。はは、よしよし」

クララベルは俺に抱きついて甘えてくるので頭を撫でる……うん、可愛いな。

ローレライはその様子を見ながら苦笑し、静かに変身する。

クララベルと違って体毛は生えていない、クリーム色のドラゴンだ。ドラゴンロード王国で最も美しいと称される『月光龍《ムーンライト・ドラゴン》』。

『ふぅ……』

ローレライのドラゴン態……確かに、めっちゃ綺麗だ。

ローレライは翼を広げて力む。すると、クリーム色の手足がゴキゴキと変形し始め……

『……っく』

すぐに戻ってしまった。

どうやら、ここがローレライの限界。本来はそのまま手足が伸び、身体が小さくなり、翼が大きく広がり、人間のように二本足で立つことができるはずなのだ。

「あぁ〜……姉さま、惜しい!!」

『……理屈はわかるのだけれど、肉体に反映させるのがここまで難しいなんて……お父様やお母様にコツをお聞きしたいわね』

「パパとママかぁ。お手紙じゃわかりにくいもんね」

『ええ……一国の王が、そう何度も国を留守にするわけにはいかないしね』

「んー、お前たちが里帰りするって案もあるけど」

『それもあるわね。でも』

「お兄ちゃんも一緒!!」

この二人にも里帰りするように言ったけど、俺と一緒じゃないと嫌だって言うんだよなぁ。

ま、先の話だし行くのは別にいい。ドラゴンロード王国は行ってみたかったし。

「姉さま、リンゴ食べよう!!」

『ええ、いただくわ』

俺とクララベルはリンゴの木箱を開け、ローレライの口の中にリンゴをポイポイ投げ入れる。

「ドラゴンロード王国……どんなところなんだろう」

『楽しいところよ。人間も住んでいるけど、亜人や蟲人、一番多いのは半龍人《デミ・ドラゴニュート》かしら……あと、空を使った交通手段が盛んでね、ドラゴンロード王国の空はワイバーンでいっぱいよ』

「ワイバーン……確か、ドラゴンの亜種だっけ」

どんな文化、そしてどんな植物があるのかな。

ふふ、今から行くのが楽しみだ。

◇◇◇◇◇◇

別のある日。俺が薬院で仕事をしていると、ワーウルフ族の女の子たちがやってきた。

「こ、こんにちは……村長いますか？」

「こんにちはなのです!!」

「あれ、アセナちゃんにコルンちゃん？」

フレキくんの妹アセナちゃんと、マカミちゃんの妹コルンちゃんだ。

年齢的にはアセナちゃんのほうがお姉ちゃん。フレキくんとマカミちゃんが幼馴染ということもあり、この小さな人狼少女二人はとても仲良し。村ではミュアちゃんたちとよく遊んでいる。

「アセナ、師匠に用事かい？　仕事中だから」

「に、兄さんには話してません!!　村長、少しだけお話ししてもいいですか？」

「アセナ……まったく、いい加減に」

「まぁまぁフレキくん」

アセナちゃんに冷たくされてため息を吐《つ》くフレキくんの肩をポンポン叩く。

アセナちゃんが俺に用事で、フレキくんには話せない……なるほど、だいたいわかった。

コルンちゃんが一緒というのに少し引っかかるけど。

「ここじゃ話しにくいかな？」

「は、はい」

「コルンちゃんは……」

「あ、コルンも一緒で大丈夫です」

「わかった。じゃあ……俺の温室休憩所に行こうか」

こっそりとアセナちゃんに言う。

温室休憩所は、鍵もかかるし、話をするにはもってこいの場所だ。

俺はフレキくんと、さっきから魔獣の骨を削《けず》る作業で一言も喋っていないダークエルフの少女、エンジュに言う。

「ちょっとアセナちゃんと出てくる。すぐに戻るよ」

「はい……アセナ、師匠に迷惑をかけないように」とフレキくん。

「う、うるさいですよ兄さん‼　村長、行きましょう‼」

「行くのです‼」

「わ、わかったよ。じゃ、行こうか」

俺はアセナちゃん、コルンちゃんと手を繋ぎ、薬院を後にした。


アセナちゃん、コルンちゃんと三人で、俺の温室にある休憩所にやってきた。

休憩所内はけっこう広い。椅子、テーブル、冷蔵庫、水瓶などが置いてあり、朝の温室の手入れを終えるとよくみんなで休憩をしている。

今は、アセナちゃんとコルンちゃんが椅子に座り、俺が出した果実水を飲んでいた。

俺も果実水を一口飲み、アセナちゃんに聞く。

「で、どうしたんだい？」

「えっと、その……実は、人狼態のことでお話が」

「人狼態……」

ワーウルフ族は、その名の通り人と狼の入り混じった姿に変身できる種族だ。

人の姿はまんま人で、人狼の姿になると見た目が大きく変わる。体毛がふっさふさになり、狼耳が生え、牙と爪が生え、完全な二足歩行の狼になるのだ。

人狼の姿になると戦闘力が大きく向上する。バルギルドさんやディアムドさんほどではないが、あの二人がニヤッとするくらいには強くなる。

狩りが不得意なフレキくんですらとんでもなく強くなるのだ……ワーウルフ族、マジすごい。

「実は、コルンが人狼態を習得しまして……」

「え、そうなんだ」

「ふふん。わたしも一人前の人狼になったのです」と、得意げなコルンちゃん。

「そ、その……わ、私もなんですけど、私の場合ちょっと問題が」と、モジモジするアセナちゃん。

人狼態は幼年期に習得できるらしいけど、十二歳のアセナちゃんは未だに習得できなかったはずだ。俺のアドバイスで一度は変身できたけど……ついに一人でも変身できたならよかった。

けど……なんか問題っぽいな。どうしたんだ。

「わたしの変身、見てください。がうーっ!!」

俺が考えていると、そう言いながら、コルンちゃんが人狼へ変身……ふわふわした可愛らしい人狼だ。まだ小さいからなのか迫力はない。むしろ抱っこしたら気持ちよさそう。ミュディに見つかったら抱きしめられそうだ。

「おお……可愛い」

対するアセナちゃんは、モジモジしたままだ。

「アセナちゃん、変身しないのかい？　変身できるようになったんでしょ？」

「……えっと」

「がおーっ!!」

アセナちゃんに聞いてるとコルンちゃんが椅子から下りて俺にじゃれつく……何この子、可愛い。

俺はコルンちゃんを抱っこする。変身を自慢したいのか、テンションが高い。

アセナちゃんは意を決したのか話しだす。

「じ、実は……その、内緒にしてくださいね」

「う、うん……」

アセナちゃんは椅子から下りると、スッと力を込め変身をした。

体毛が生え、オオカミ耳が生え、牙と爪……え、あれ？

『…………』

「……えっと、アセナちゃん？」

「がおーっ、アセナお姉ちゃんも変身したのです!!」

アセナちゃんがいた場所にいたのは……人狼ではなく、体長一メートルほどの『狼』だった。

四足歩行の、どこにでもいそうな白い狼だ。

『……人狼じゃなくて狼になっちゃって』

おお、喋った……狼が喋ってる。

「アセナお姉ちゃん、すごいのです。わたし、真似できないのです」

『ううう……』

人狼どころか、狼そのものとなったアセナちゃん。

『うう……なんでこんなことに』

「な、なんでと言われても……」

俺にどうしろと……さすがに何もできないぞ。

『どうしましょう……私、ワーウルフ族じゃないのでしょうか』

「え、えーっと……」

『こんなこと誰にも相談できないし……うう、私は捨てられちゃうのでしょうか』

「い、いや、さすがにそこまでは……うーん」

アセナちゃんは、狼のまま丸くなりめそめそ泣く。

こんな時に言うことじゃないが、ふかふかもこもこでとても可愛い。

コルンちゃんはアセナちゃんの側に行き抱きついた。

「アセナお姉ちゃん、もふもふなのです」

『コルン……』

「がうぅ……眠いのです。気持ちぃのです……」

コルンちゃんはアセナちゃんにくっついて寝てしまった。

どうしたもんか。俺、ワーウルフ族が狼に変身できるなんて聞いたことない。

こういうのは、専門的な知識がある人……あ、そうだ。

「アセナちゃん、シエラ様に聞いてみよう」

神話七龍の一人であるシエラ様なら、何かわかるだろうと予測した。

『え？　ワーウルフ族の村長とかではなく？』

「ワーウルフ族の村長だと何か勘ぐられるかもしれないし、まずはシエラ様に聞いてみよう。病気とかではないと思うけど……」

「そうね。心配ないわ。ワーウルフ族、というより狼の血が濃いのねぇ～……変身の制御が難しいけど、大人になれば狼と人狼、そして人の三つに変身を使い分けできるようになるわね♪」

「だってさ……って、うおぉぉ⁉」

『きゃあぁぁぁっ⁉』

いきなり俺の隣に現れたシエラ様に度肝《どぎも》を抜かれた。

久しぶりで驚いた。アセナちゃんの毛が逆立ち、びっくりしたコルンちゃんも起きてしまった。

「ふふ、安心しなさい。大きくなればちゃんと変身できるから♪」と、シエラ様。

『ほ、ほんとですか⁉』と、アセナちゃん。

「ええ。それにしても、この年で狼に変身できるなんてねぇ……あなた、才能あるわよ？」

『え……』

「過去にも、ワーウルフ族の中に狼に変身できる個体がいたの。その子は『狼王』と呼ばれ、ワーウルフ族の王として崇《あが》められたそうよ」

「お、王様……すごい、アセナちゃん」

『わ、私はそんな……み、みんなと違うし』

「大丈夫。自信を持ちなさいな」と、シエラ様がアセナに声を掛ける。

『……はい」

アセナちゃんは返事をして人間に戻る。シエラ様の言葉で、ちょっとだけ自信がついたようだ。

ワーウルフ族の王様か……アセナちゃん、次のワーウルフ族の村長とかになるかも……？　なーんてな。

第八章　シルメリアさんの墓参り

銀猫族のリーダー、シルメリアの趣味。それは花壇作り。正確にはガーデニングだ。

今日も銀猫たちに仕事を割り振り、自分は屋敷の裏手にある花壇の手入れに精を出す。

「ふんふ～ん♪」

鼻歌を歌い、ネコ耳をぴこぴこさせ、尻尾を揺らしながらジョウロで水やり。

ご主人様の過ごしやすい庭。それを前提とした庭作りは、考えるだけで楽しい。

花に囲まれながらティータイム。アシュトは喜んでくれるだろうか。

シルメリアはそう考えながら、ハサミを取り出し、花の手入れをする。

「にゃあ、シルメリアー」

「ミユア。洗濯を終えたのですか？」

「にゃう。干し終わったー」

「そうですか。では、そちらにある肥料をあちらに運んでいただけますか？」

「にゃーう」

ミユアは言われた通りに肥料の入った袋を運ぶ。

小さい子供に重いものを運ばせるなんて……と言う人はいるかもしれない。だが銀猫族の筋力なら、肥料もトレイも重さはさして変わらない。

ミユアも肥料の入った重い袋を、お手玉をするようにポンポンさせながら運ぶ。

シルメリアが花の手入れをしていると、肥料を運び終えたミユアが隣に座る。

「むずかしい？」

「ええ。ですが、覚えると楽しいですよ」

「にゃあ……わたしもやりたい」

「ふふ、では一緒にやりましょうか。教えてさしあげましょう」

「にゃったー!!」

シルメリアは、ミュアの手にはまだ大きいハサミを握らせ、伸びた枝や葉を丁寧に切っていく。

ミュアはやや緊張しつつも、シルメリアの指導通りにハサミを動かす。

「にゃあ、よく切れるー」

「怪我をしないように」

「にゃう」

「…………」

「にゃ？　シルメリア？」

シルメリアは、昔のことを思い出していた。そういえば、自分がハサミの使い方を習ったのは姉から……ミュアの母親からだった。

シルメリアとは年の離れた姉、名前はルナ。シルメリアにとって、姉であり母親のような存在だった。

「にゃ……どうしたの？」

「いえ。少しだけ、撫でさせてください」

シルメリアは、ミュアの頭を撫でる。

姉は、シルメリアの頭をよく撫でてくれた。ネコ耳を揉み、甘えさせてくれたルナ。シルメリアは調理中の姉に背後から抱きついて困らせたものだ。

そう、今のミュアは、過去のシルメリアそっくりなのだ。

「シルメリア？」

「あ、ああ……申し訳ありません。ミュア、この仕事が終わったら、少し出かけましょう」

「おでかけ？　いくー!!」

シルメリアは、姉のルナが眠る場所に出かけることにした。


昼食を終え、残りの仕事をシャーロットたちに任せ、シルメリアとミュアは二人でルナと以前の主人が眠る墓地にやってきた。

墓地の近くには小さな管理小屋が建てられ、アシュトの植えた白い花が一面に咲き誇っている。

ちなみにこの花、雪に覆われても枯れることなく咲き誇っていた。

墓地には、立派な墓石が一つ建っていた。

「にゃう……お母さん」

「ええ、あなたの母親です」

墓石の側に花を供《そな》え、あまりお酒が好きでなかった姉のために果実水の瓶も添える。

以前シルメリアが仕えたご主人は、顔も思い出せない……だが、姉のルナを愛し、他の銀猫たちには家族のように接していたことだけはしっかり覚えている。

ミュアは、墓石の側でシルメリアの手を握る。

「お母さん、あんまり覚えてない……でも、やさしかった」

「ええ。あなたのお母さんはとても優しい方でした」

「シルメリアのお姉ちゃん？」

「ええ……そうです」

ミュアが成長すれば、姉とそっくりの容姿になるだろう。

久しぶりに過去を思い出し、姉の眠る場所にミュアとやってきたが、思い出すのは懐かしいことばかり。

決していい環境とは言えなかったが、ご主人様と一緒に暮らした場所だ。

今は、アシュトの指示のおかげでここは墓地となり、道もしっかり整備された。銀猫たちも墓を掃除したり、お花をお供えしたりすることもある。アシュトも何度か来てくれた。

「……姉さん、ミュアはこんなに大きくなりましたよ」

死者は語らない。でもシルメリアはミュアの成長をこれからも報告するつもりだ。

以前の主《あるじ》と、シルメリアの姉が残した子供を立派な銀猫にする。それがルナの妹であり、銀猫たちのリーダーであるシルメリアの仕事だから。

そして、いつか……

「いつか、ご主人様との間に子が生まれたら……すぐに報告をしに来ます」

「にゃ!!　シルメリアとご主人さまの赤ちゃん!!　きっとかわいいー」

「そうですね。ふふ、いつになるかわかりませんが」

「わたしもご主人さまの赤ちゃんほしいー」

「なら、もっと大きくなって仕事も覚えないと」

「にゃむぅ」

シルメリアはミュアの頭を優しく撫で、ネコ耳を揉む。

昔、姉がしてくれたことを、今度はシルメリアがやる。

今はアシュトもいるし、寂しくはない。

「では、帰りましょうか。帰ってみんなでおやつにしましょう」

「おやつ!!　にゃったぁ!!　シルメリア、はやくはやく!!」

「こら、引っ張らないでください。急がなくてもおやつは逃げませんよ」

「おやつ、なにー？」

「そうですね……アルラウネドーナツにしましょうか」

シルメリアとミュアは、手を繋いで歩きだす。

柔らかな風が吹き、供えた花の花弁が静かに舞い、ミュアの頭にふわりと乗った。

それを見たシルメリアは、クスリと微笑む。

「……また、来ます」

姉の手が、ミュアの頭を撫でた……そんな気がした。

第九章　楽しくも忙しい日常

『アシュトーっ』

「お、フィル」

ある日、俺――アシュトとミュディとエルミナの三人で村を散歩していると、ハイピクシーのフィルハモニカことフィルが、俺の肩にふわっと座る。

蝶《ちょう》のような形をした透き通る羽をパタパタさせ、気持ちよさそうにほっこりしていた。

『はぁ～……アシュトのマナはやっぱりおいしい♪』

「はは。好きなだけ吸えよ」

『ん～……っと、そうだ。あのねあのね、今ヒマ？　エルミナとミュディも!!』

俺はエルミナとミュディを見る。

というか、今日は仕事がないので三人で散歩をしていたのだ。ヒマっちゃヒマである。

「私はヒマね。農園はお休みでお酒の研究も一段落。しばらくはのんびりするわ」

「わたしも。アラクネー族のみんなが糸を出し疲れちゃって……ちょっと無理させちゃったかな」

エルミナに続いてミュディが言う。

ミュディはアラクネー族の少女たちがいろんな種類の糸を出せると知ってから、毎日お願いして出してもらったようだ。アラクネー族も知らないことだったが、食べたもので糸の色を変えることができるらしい。これにはミュディもアラクネーたちも驚いていた。

ミュディがデザインするミュディブランドの布製品にアラクネー族の糸や繊維が使われるようになってから、オーベルシュタイン領土にある大きな町や村から依頼が増えたとか……おかげでディミトリ商会、かなり儲かってるみたいだ。

でもアラクネー族の少女たちは、さすがに糸を出し疲れたようで、しばらくはお休みらしい。

ミュディも責任を感じ、お菓子を手土産《てみやげ》によく訪問しているようだ。

「俺たちは散歩中。で、どうしたんだフィル？　何か用事があるなら聞くけど」

『やった!!　あのね、これからみんなで蜜集めに行くの。よかったらアシュトたちも一緒に来ない？　すっごくいいお花畑を見つけたの!!』

「花畑か……」

ミュディとエルミナを見ると、笑顔で頷く。

ちょっとしたお散歩の延長だ。たまにはいいだろう。

「よし、行こう」

『やった!!』

「あ、ちょっといい？　おやつを買ってから行くわよ、ディミトリの館に行きましょう!!」

というエルミナの提案で、ディミトリの館でお菓子を購入。果実水の瓶も何本かカバンに入れた。

その後、フィルと合流したハイピクシーたちと一緒に村の外へ。

村の外は危険だが護衛もちゃんといる。

「ベヨーテ、よろしくな」

『マカセナ』

全身トゲの植物、ベヨーテを連れていく。

俺、エルミナ、ミュディ、ハイピクシーいっぱい、ベヨーテの一行は、フィルの案内で花畑に向かって歩きだした。ハイエルフの里へ向かう街道を歩き、途中で道を逸《そ》れて森の中へ。

俺が先頭になって歩き、杖で藪《やぶ》をかき分け、『樹木移動《ツリームーブ》』で木々をどかしながら進んだ。

「こんな道、初めてね……ミュディ、気を付けなさいよ」

「う、うん。ありがとうエルミナ」

エルミナがミュディの手を握り、俺の後ろを歩いてくる。

ベヨーテは周囲を警戒しながら最後尾を歩き、フィルたちは俺が動かす木を見てはしゃいだり、落ちる葉っぱを躱《かわ》して飛ぶ遊びをしたりしていた。

「フィル、こんなところに花畑があるのか？」

『んふふ～、ハイピクシーはお花のお友達だもん、お友達のいる場所ならわかるのよ』

フィルは自信満々で俺の前をふわふわ飛ぶ。


それから二十分ほど歩くと……

『じゃじゃ～んっ!!』

「おお……」

「わぁ～っ!!」

「すっご……こんなところが」

森を出ると、とても広い花畑に出た。

ものすごく広い……見渡す限り一面、カラフルな花が咲き誇っている。

開けた場所で、遮るものがないので太陽の光が花畑全体に降り注いでいる。近くには泉もあり、どこかに繋がっているのであろう川も流れていた。

それに、泉の近くには魔獣……なのか？　なんかデカいのがいる。

「なんだあれ……もふもふしてそうだな」

「可愛い～♪」

「お、大きいわね」

泉の側に、白くて大きいモフモフした何かがいた。

まん丸ボディで、全体が白い毛で覆われている。

二股に分かれた尾にヒレみたいな手もあるし……可愛いっちゃ可愛いけど、危険はないのかな。

『あの子、すっごく大人しいから大丈夫よ。水飲んだり、お花の蜜を吸ったりしてここで暮らしてるみたいなの。背中がすっごくモフモフして気持ちいいのよ!!』

「へ、へぇ～……」

とフィルに返事しつつ、俺は『緑龍の知識書《ムルシエラゴ・グリモワール》』を開く。

＊＊＊＊＊＊＊＊＊＊＊＊＊＊＊＊＊＊＊＊＊＊＊＊＊＊＊＊＊＊＊＊＊＊＊

「ニコニコアザラシ」
○大人しくて、と～っても可愛いモフモフ!!
花の蜜と水さえあればどこでも生きていけちゃう。

触っても大丈夫。むしろ触れば喜んじゃうよ♪

＊＊＊＊＊＊＊＊＊＊＊＊＊＊＊＊＊＊＊＊＊＊＊＊＊＊＊＊＊＊＊＊＊＊＊

大丈夫みたい……って、ハイピクシーたちはすでにニコニコアザラシに群がっていた。

「あ、アシュト、あれ触っても大丈夫なの？」

「うん。大人しいから平気みたい」

「わ、わたし……触ってくる!!」

「私もっ!!」

「あ、ミュディ、エルミナ!!」

エルミナとミュディは、ニコニコアザラシに向かって走りだし、思いきり抱き着いた。

ベヨーテは花畑にゴロンと寝転ぶと昼寝を始めた。

『さーて、さっそく蜜を集めるわ。アシュト、手伝って!!』

「はいよ」

俺はフィルに返事をしてカバンから小瓶を取り出し、その後ろに続く。

フィルはたくさんある花の一つに近付くと、花の花弁を軽く撫でた。

『お花さん、ちょっぴり蜜をちょうだいな♪』

すると、花がぷるぷる震え、小さな蜜がトロッとあふれた。

フィルが指先をクルッと回すと、とろとろの蜜が球体になり、フィルの指先でふわふわ浮く。それを俺の持っていた瓶の中に入れた。

『はい、次に行くよー』

「お、おお」

これがハイピクシーの『妖精の蜜』の素集めか。

なるほど。花の妖精だから花と会話できるのか。花にお願いして蜜を分けてもらい、ハイピクシーの魔力と蜜をブレンドして瓶の中で保存するわけだな。

ただ花の蜜を集めるだけじゃない。ハイピクシーの魔力と融合して『妖精の蜜』はできるんだ。

「アシュトーっ!!　この子めっちゃモフモフ!!」

「はぁぁ～ん……来てよかったぁ」

ミュディとエルミナはニコニコアザラシの背でモフモフに包まれていた。

ニコニコアザラシ、ほんとにニコニコしてるように見える。

『アシュトはこっち!!　わたしのお手伝い!!』と、騒ぐフィル。

「はいはい。あれ、そういえばベルは？」

『あの子はお留守番!!　今日はわたしがアシュトと一緒に遊ぶ日だからね!!』

「あはは……後でどやされないといいけど」

結局、蜜集めに付き合わされた俺はモフモフに触れることができなかった……でも、いい花畑の場所を教えてもらった。

今度はみんなを連れてここに来よう。モフモフもいるしな。

◇◇◇◇◇

別のある日、俺は薬院でダークエルフの少女、エンジュと本を読んでいた。

俺は魔獣図鑑、エンジュは薬草関係の本と、普段は読まない本を一緒に読んでいる。互いに、自分にはない知識だから、勉強を兼ねての読書だ。

しばし、向かい合わせで読書をしていると、ドアがノックされた。

「にゃあ、ご主人さま。お茶がはいりました!!」

「ミュアちゃん。どうぞ」

「にゃうー」

ティーカートを押して入ってきたミュアちゃん。

すっかり慣れた手つきでお茶の支度をして、俺とエンジュに紅茶を淹れてくれる。

エンジュはぐぐーっと伸びをすると、お茶を淹れてくれたミュアちゃんの頭を撫でた。

「おおきになー、にゃんこ」

「にゃんこじゃなくてミュア!!」

「あはは。かわええなぁ」

「にゃむぅぅ……ご主人さまー」

「よしよし、おいで」

俺に抱きつくミュアちゃんを撫で、ソファに移動して甘やかす。

エンジュもソファに移動し、紅茶を啜りながら言った。

「それにしても、毎日毎日平和やねぇ……」

「最高じゃないか」

「そうやねぇ。でも平和すぎて、フレキはウチに黙って里帰りするし、酷いわぁ～」

「エンジュ、フレキくんのこと大好きだな」

「まーね。なぁなぁ村長、ワーウルフ族とダークエルフって子供作れるん？」

「し、知らんけど……ワーウルフ族の村長に聞いてみたら？」

「んふふ。ウチとフレキの子供～♪」

「気が早いなぁ……フレキくんには幼馴染のマカミちゃんだっているのに」

「そんなん関係ないわ。フレキがウチとマカミを嫁にすればええやん」

「そ、そういうもんか？」

「そうやで。村長だっていっぱい奥さん抱えとるやないか」

そ、それを言われると何も言えない。

俺が膝の上で甘えるミュアちゃんの頭を撫で、ネコ耳を揉んでいるとエンジュが小声で言う。

「なぁなぁ。ちょいと聞かせてや」

「ん？」

「村長、アッチのほうはどうなん？」

「アッチ？」

「夜の営みや、営み」

「ばっ、ミュアちゃんの前で変なこと」

「寝とるから平気やって」

ミュアちゃんを見ると、いつのまにかスヤスヤ寝てた。

そういえば、頭を撫でながらネコ耳を揉むとすぐに寝ちゃうんだった。本当に可愛いなぁ。

「なーなー、教えてや。ウチもフレキと経験する時に役に立つかも。これも立派な勉強やで？」

「そ、そういうのはエルミナに聞けよ。というか、男の俺に聞くとか、恥ずかしくないのかよ」

「うん。村長には感謝はしとるけど、男としては見てないもん」

「……そうかい」

「あれ、がっかりさせてもうた？　なんかごめんなぁ」

くっ……なんだこの敗北感。

俺は紅茶を飲み干すと、静かにカップを置く。

「で、どうなんや？　夜の営みは」

「……まぁ、普通」

「は？　はぁぁ？　ったく……経験豊富なくせにつまらん回答やめーや。ウチが女だからとか、村長が男だからとかなんて関係ない。さっさと吐きーや」

……って、なんでこんなに追い詰められてんだ？　こいつに俺たちの営みを話す理由なくね？

「はよう!!」

「わ、わかったわかった」

うぅ……エンジュ、なんか怖い。

エンジュがキレてミュアちゃん起こしちゃうかもしれないし……仕方ない。

「営みっても大したことないぞ。順番が決まってるから、その……夕食後に一緒に風呂入って」

「洗いっこするん？」

「…………」

「んふふ～……なぁるほど」

「おいやめろ。それで、その……後は俺の部屋で、するだけ」

「ふむふむ。なるほど……一緒にお風呂ねぇ」

「う、うるさい」

「なぁなぁ村長。ウチとフレキにその時が来たら、お風呂貸しきりにしてくれへん？」

「……好きにしろよ」

「やたっ!!」

なんか顔が熱い……エンジュ、なんでこんなに無邪気なんだよ。

「で、今夜は誰なん？」

「ローレラ……あぁもう、変なこと聞くな!!」

「あっははは。村長、かわええなぁ」

エンジュはケラケラ笑い、すでに冷めた紅茶を飲み干した。

「にゃむ……」

あ、ミュアちゃんが起きた。

「にゃう。ねむいー」

「よしよし」

「ごろごろ……」

ミュアちゃんの喉を撫でる。すると喉がごろごろ鳴った。

「ほんと、かわええにゃんこやなぁ」

「だな。村の癒《いや》しだ」

ようやく、エンジュの下ネタトークが終わる。ミュアちゃんが目覚めて救われた。

ミュアちゃんの喉を撫でていると、エンジュが言った。

「あ、そうや。ウチの結婚式も村の教会でやらせてな」

「ああ、いいぞ」

「ほんま？　楽しみが増えたわ」

エンジュはうひひと笑う。

こいつ、本当に楽しそうに笑うんだよな。というか、うちの村に来た人はみんな笑っている。

他の種族の住む環境は詳しく知らないけど、この村が恵まれているってことはわかる。

「エンジュ、お前もたまには里帰りしろよ？」

「んー……それもそうやね」

「俺も、ダークエルフの里にまた行きたいな」

「ええんとちゃう？　ほんなら、一緒に行こか」

俺とエンジュの何気ない話は、夕暮れまで続いた。

たまには、こんなくだらない話もいいよね。

◇◇◇◇◇

「さ、動くなよシロ」

『きゅぅぅん……』

別のある日、俺は村長湯でフェンリルのシロを洗っていた。

シロは自分で毛繕《けづくろ》いをするけど、たまにこうやって人の手で綺麗に洗ってあげている。

一応、動物には刺激が強いかもしれないので、ハイエルフ製の植物油石けんを薄めて泡を作り、シロの身体を泡まみれにしていく。

「ほれほれ、あわあわ」

『きゃうぅぅんっ!!』

シロは気持ちいいのか、お腹を見せるようにゴロンと転がる。

お腹をワシワシ洗い、尻尾を洗い、泡が目に入らないように顔を洗い、前足と後ろ足と肉球を丁寧に洗う。

少し毛玉もある。洗ったら切ってやろうかな。

『きゅぅぅん……』

「気持ちいいか？」

『きゃんっ!!』

シロは、村に来た頃に比べて少し大きくなった。

今までの子犬サイズが成犬サイズに。力や足の速さはグンと上がり、ウッドを背に乗せて走れるようになった。

ハイエルフの村の長であるジーグベッグさん曰く、フェンリルは肉体の成長が緩やからしい。俺を乗せて走れるようになるまで、百年は掛かるだろうとのこと。

ハイエルフの里にいたフェンリルは、ジーグベッグさんが子供の頃に生まれたフェンリルで百万年を生きてあのサイズみたいだ……この可愛いシロがあの巨大サイズになるのか。

「あ、そういえば……なぁシロ、お前の兄弟だけど、ユグドラシルの気配を察知して出ていったそうだぞ。どこかに生まれたユグドラシルの苗木の守護者として生きていくみたいだ」

『きゃんきゃんっ!!』

ジーグベッグさんからもらった手紙に書いてあった。

フェンリルの習性の一つに、ユグドラシルの気配察知というのがあるらしい。どこかで生まれたユグドラシルの気配を感じ、ハイエルフの里から出ていったそうだ。

それを追って、ハイエルフの里に住む若手のハイエルフ数人が村を出たらしい。フェンリルの守護するユグドラシルに住み、数百年掛けて集落を作り、ハイエルフは増えていく。

エルミナのパパとママも、そうやって他のユグドラシルの下に里を作り、長になったそうだ。

ハイエルフの歴史……なんとも気が長いものだ。

オーベルシュタイン領土には、そうやって増えたハイエルフの里がいくつかあるらしい。

「すごいよな……ハイエルフの里って」

『きゅうん？』

「はは……よし、いつかお前の兄弟に会いに行くか」

『きゃうん!!』

洗ったシロは真っ白になった……そして、最後のお約束。

「ちょ、うわっ!?」

『きゅぅぅんっ!!』

シロはブルブルと身体を振って水気を取り……俺を水びたしにしたのだった。

俺も風呂から出て着替え、シロを乾いた布で拭く。そして、杖を抜いて軽く振り温風を出してシロの毛を乾かすと、ふわふわもこもこのシロがそこにいた。

『くぅん』

「うん、可愛い。ふわもこだな……あー、やっぱり毛玉あるな」

洗っても毛が絡まり毛玉になってる場所がある。やっぱ切るしかない……でも、こういうのって難しいんだよな。

俺、不器用ではないと自分で思ってるけど……うーん、手先が器用なミュディに任せようかな。

「よし、シロ、ミュディのところに行くか。毛玉、綺麗にしてやるからさ」

『きゃんっ!!』

可愛らしく吠えたシロは、俺の胸に飛び込んできた。

うん、まだ抱っこできる。

そのまま抱きかかえて村長湯を出ようとすると、整体室から俺専属の整体師である天使族《エンジェル》のカシエルさんが出てきた。

「アシュト村長。お疲れさまです」

「あ、カシエルさん。すみません、今日はシロを洗っただけですので、マッサージは大丈夫です」

カシエルさんは、結婚式の時に牧師役もやってもらった。実は天使族《エンジェル》で一番世話になっている。

天使の中では好感度が最も高いイケメン天使でもある。

カシエルさん、俺が村長湯のノレンを潜《くぐ》るとすぐに整体室に来るんだよな。

「ふふ、可愛いですね」

「真っ白でしょ？　ほら」

『くーん』

カシエルさんはシロの頭を撫でてニッコリ笑い……「おやっ？」という表情に。

どうやら、首の下と足のつけ根にある毛玉が気になったようだ。

「毛玉ですね……」

「ええ。これからミュディに頼んでカットしてもらおうと」

「それでしたら、私にお任せいただけませんか？　実は『トリマー』の資格を持っていますので、動物たちの散髪は得意なのです」

「と、とりまー……？」

「ああ、下界……えっと、地上にはない資格ですね。天空都市ではペットを飼う天使が多く、そのペットたちに関係する資格が整備されているのです。動物専門の散髪所や、動物専用のレストラン、カフェ、そして宿泊施設……私たち天使は、動物と共に暮らす種族なのです」

「へぇ……知らなかった」

ビッグバロッグ王国で飼うといったら犬猫、それに鳥くらいだ。ここまで動物に愛情を注げるなんて、天使族《エンジェル》はすごく優しくて真面目なんだな……なら、ここはカシエルさんにお任せしよう。

「シロ、カシエルさんに毛玉の手入れしてもらおうか」

『きゃんっ!!』

「はい。では、私の家に参りましょう。お付き合い願います」

こうして、俺とシロはカシエルさんの家に向かった。

カシエルさんの家は、小さな平屋だった。

室内はシンプルで、机とベッドとクローゼット、そして宝箱みたいな小物入れがいくつか置いてあるだけ。

基本的に天使族《エンジェル》は転移魔法で村に通っているが、数名の認められた者だけ村への滞在を許可されていた。カシエルさんは俺の専属整体師というのが理由だけど。

カシエルさんは床にシーツを敷き、宝箱の中からハサミや櫛《くし》を取り出した。

「では、シロさんをこちらへ」

「はい。シロ、大人しくしてろよ」

シロは尻尾をブンブン振っていたが、そこ以外は大人しかった。

カシエルさんはシロをひと撫でると、身体を櫛で梳《す》いていく。

『きゅーん……』

満足げなシロ。シロのブラッシングは毎日やっているけど、こんなに安らいだ表情をするとは思わなかった。

「はは、気持ちいいんですかね？」

「ええ。ブラッシングはマッサージでもありますから。身体に合った櫛を使えば、マッサージ効果はまったく違います。シロさんにはこのゴムブラシが合うようですね」

「ゴム……確か、樹脂から採れる？」

「ええ。地上ではあまり普及していないようですね」

「へぇ～……不思議な感触」

ゴムブラシはグニグニして気持ちいい。これは確かにハマるだろうな。

「アシュト村長。よろしければ一つどうぞ」

「いいんですか？　ありがとうございます」

カシエルさんからゴムブラシをもらった。今後、シロはこれでブラッシングするとしよう。

ブラッシングを終えても、シロには毛玉がくっついていた。

カシエルさんはハサミを取り出し、シロの毛を丁寧にカットしていく。

『きゅーん』

「大丈夫。すぐに終わりますからね」

「シロ、動くなよ」

シロの尻尾がピタッと止まる。

チョキ、チョキチョキチョキ……チョキ。カシエルさんのハサミの音だけが響いた。

そして、シロの足下には毛玉がポロポロと落ちる。

「……はい。こんなところでしょう」

「おお……すっげぇ!!」

毛玉が綺麗に取れた。それに、毛を切った部分も綺麗に手直しされ、初めから毛玉なんてなかったかのようになっている。これが職人の技なのか……すごい。

俺がシロを撫でると、シロは嬉しそうに尻尾を振った。

「カシエルさん、ありがとうございます!!」

「いえ。お役に立てて何よりです」

『きゃんきゃんっ!!』

「はは、シロもありがとうって言ってますよ」

シロはカシエルさんの側をグルグル回り、喜びに尻尾を揺らす。

今後は、カシエルさんにシロの毛玉取りをお願いしよう。

「カシエルさん、シロに毛玉ができたらまたお願いしてもいいですか?」

「もちろん。私でよければ」

いや、ほんとイケメンだよこの人……この人が俺の専属でよかった。

牧師に整体師、そして動物専門の美容師か。なんでもこなせる人ってかっこいい。

ちなみに、カシエルさんにはセントウ酒を三本ほどお礼に渡した。

さて、帰ってシロを新しい櫛でブラッシングしてやるかな。

◇◇◇◇◇◇

別のある日、俺は村の執務邸で闇悪魔族《ディアボロス》の秘書ディアーナと書類仕事をしていた。

取引する相手が増えたからけっこう大変だ。俺が書かないといけない書類や確認しないといけないことがいっぱいある。

ここに来た頃を思い出すと懐かしい……のんびり薬草を育てて暮らそうと考えてたのがもう何十年も前のような気がしてならない。

エルダードワーフの彫金師に作ってもらった印を手に、書類に判を押す。

「村長、こちらの書類にも目を通しておいてください」

「お、おお……まだあるの？」

「はい」

ディアーナ、美人で巨乳なのに仕事のことになるとめっちゃ厳しい。

村の発展に尽くしてくれるのはありがたいけど……ぶっちゃけ、そんな本気にならなくても今のままでいいなとも考えちゃう俺。もちろん、仕事はちゃんとやるけど。

俺は、『ゴルゴーンたちの作った彫刻が魔界都市ベルゼブブの彫刻愛好家たちから評判がよく、ベルゼブブでゴルゴーンがプロデュースする個展を開いてはどうか』という書類に目を通す。

「なぁディアーナ、この個展ってのは？」

「書いてある通りです。ゴルゴーンたちの作った彫刻はベルゼブブの彫刻愛好家に大変好評です」

ゴルゴーンたち、アラクネー族の繊維で作った織物の評判がいいからって対抗意識燃やしてるんだよな……仲が悪いわけじゃないから放っておいてるけど。

「個展か……ま、いいんじゃないか？　ゴルゴーンたちがよければだけど」

「すでに作品の制作に取りかかっているようです」

「は、早いな……」

やる気満々だった……まぁいいや。


そんな感じで仕事を進め、少し休憩することになった。

この時間……俺は居心地が悪い。なぜなら、改築した執務邸で働く悪魔族《デヴィル》の事務員は全員が女性……お茶やお菓子を広げると、そこはガールズトークが繰り広げられる桃色の空間になる。

「彼氏がさー」

「マジ？」

「これおいしー」

「ねぇねぇ仕事終わったらマッサージ行かない？」

「行く行くー」

い、居心地悪い……

俺は自分の席でカーフィーを静かに啜る。

すると、椅子を持ったディアーナが俺の隣に来た。

「……な、何か？」

「いえ。村長とご一緒しようと思いまして」

「そ、そう」

「では、お菓子をどうぞ」

「あ、ありがとうございます」

なぜか敬語になる俺。

女子だらけの空間で気を遣ってくれているようだが、なんかディアーナらしくない。こういう言い方はあれだが、ディアーナは一人でカーフィーを啜るほうが似合う。

ディアーナは、俺の机にクッキーの包みを広げた。

とりあえずクッキーを一つ……お。

サクサクして美味しい。やや甘めなので苦いカーフィーによく合う。

「美味いな」

「……そ、そうですか。よかったです」

「おう。さすがディアーナ、苦いカーフィーと甘めのクッキーとは、いいチョイスだ」

「……はい。ありがとうございます」

なぜか赤面しているディアーナ……俺、変なこと言ったか？

するとディアーナの秘書であるセレーネとヘカテーがやってきた。なんかニヤニヤしているように見えるのは気のせいじゃない。

「お嬢様、『手作り』のクッキーとカーフィーの組み合わせは最高だそうですね」

「ええ、『お嬢様が栽培した』カーフィー豆と『手作り』のクッキーの組み合わせは美味しいと、アシュト村長はおっしゃってますね」

「え、手作り？」

「〜〜〜っ!!　あなたたち、余計なことを!!　それにお嬢様はやめなさいと言ってるでしょう!!」

「申し訳ございません、お嬢様」

「セレーネ、ヘカテー!!」

あらら、ディアーナがセレーネとヘカテーを追いかけ始めた。

二人は楽しそうに執務邸内を逃げまわり、事務員の女性悪魔たちもケラケラ笑っている。

「ディアーナ、楽しげに笑うようになったよね」

「ああ。って……ルシファー」

カーフィーカップ片手に、いつの間にか俺の背後にいたのは闇悪魔族《ディアボロス》の族長でディアーナの兄、ルシファー。

「あれ？　あんまり驚かないんだね」

舐めんなよ？　こちとらシエラ様に鍛えられてんだ。不意打ち上等だ。

「昔のあの子は仕事一筋でね、ベルゼブブを発展させることしか頭にない子だった。笑顔になんてほとんどならないし、ボクに対してもよそよそしい態度だったよ」

「そうか？　今はけっこう笑ってるぞ」

「気付かないのも君らしいね……ディアーナが笑うようになったのは、この村に来てからだよ。セレーネやヘカテーとじゃれ合う姿なんて、想像すらしなかった。それにこのクッキー」

ルシファーは、ディアーナの作ったクッキーを一つ口の中へ。

「うん、美味しい。まさかディアーナが料理なんて……『時間は限られているので、食事は必要最低限で構いません』とか言いながら、生《なま》のニンジンをボリボリ齧《かじ》ってたディアーナが懐かしい」

「そ、それはそれですごいな」

「あはは。それにお風呂も入らないで仕事してたこともあったし、髪がボサボサで臭かったこともあったよ。自分の身だしなみとか無頓着で、色気のない下着とか穿《は》い……」

「————兄さん？」

その瞬間、超絶笑顔のディアーナがルシファーの肩を掴んだ。

一瞬で青くなる俺とルシファー。

「私の過去を村長にベラベラと……実に楽しそうですね？」

「この日、ディアーナに引きずられていったルシファーが俺の前に戻ることはなかった……

「兄さん、大事なお話があります。別室へ」

言い訳を並べる俺とルシファーをニッコリしながら眺めるディアーナ。

「あ、アシュトずるい!!　ちょ、待ってディアーナ、あの」

「お、俺は何も聞いてないぞー？」

「あ、いや。その……」

仕事を終え、俺は家に帰ろうと執務邸を後にした。すると、ディアーナが俺を追いかけてくる。

「あ、あの、村長!!」

「ん、どうした？」

「その……兄さんが言ったことですが」

「ああ、別に気にしてないって。というか何も聞いてない」

「……その、今はちゃんと毎日お風呂に入ってます。下着もちゃんと……」

「いやいやいやいや、言わなくていい!!」

ディアーナは赤くなり俯《うつむ》く。可愛いな……というか、こんな乙女みたいな奴だったたっけ？

「こほん!!　えー、明日も仕事が山積みですので、よろしくお願いします」

「う、うん。よろしく」

「では、失礼します。お疲れ様でした」

「ああ、お疲れ」

ディアーナは一礼し、帰っていく。

なんか、ほんとに変わったよな。ディアーナのやつ。

ツンツンした感じが消え、乙女みたいになった。なんでだか知らんが、親しみやすいのはいい。

「さーて……帰って夕飯かな。お腹減った」

明日も仕事。まずは帰って美味い食事、そして風呂かな。

第十章　アドナエル・カンパニーの社員旅行

「休暇ァ〜ン？」

「はい」

天使の住まう天空都市ヘイブン。

美容関係の会社『アドナエル・カンパニー』を営む天使族《エンジェル》の上位種である熾天使族《セラフィム》のアドナエルは、秘書のイオフィエルが言った言葉をそのまま返した。

休暇。つまり、休日のことである。

イオフィエルは純白のショートヘアを手で軽くかき上げ、無表情に言う。

「ディミトリ商会の会長一家が、休暇を過ごしているそうです」

「チョチョチョ、何それ⁉　は、初めて聞いたけど……」

「あ、そういえば報告してませんでした。申し訳ございません」

わざとっぽい笑顔でイオフィエルが言う。しかも、自分の頭をコツンと叩くポーズつき。

「い、イオチャ～ン……」

アドナエルはフゥ～ムと息を吐いた。

「休暇とは、ディミトリ商会の会長サマものんきだネェ」

「独身の社長にはわからない苦労があるのですよ」

「い、イオチャン、けっこうダメージあるから勘弁して……」

「ディミトリ商会の会長は大恋愛の末の結婚だったそうですね。子供も五人生まれ、ディミトリ商会はますます繁栄……ここ数百年ほど休みを取っていないようでしたので、副会長のリリス様がスケジュール調整をして、家族休暇を取ったようです」

「く、詳しいネェ……」

「ディミトリ会長のお嬢様、リザベル様からの情報です」

「み、身内から？　で……イオチャン、何が言いたいの？」

「ここらで一発、社長も休暇を取りましょう。ぶっちゃけ社長がいなくても会社は回りますし、私も長期休暇欲しい」

「ほ、本音が丸聞こえ……でも、休暇ネェ～」

「マーメイド族の住む海辺の別荘をレンタルしました。出発は明日、期間は十日ほどです。同行者は私とハニエル、アニエル姉妹です」

「エェェッ⁉ よ、予定決まっちゃってるの⁉」

「はい。ちなみにマーメイド族の別荘はアシュト村長に頼んでレンタルしました」

「ワァ～オ……」

アドナエルは、驚いて天を仰いだ。

◇◇◇◇◇◇

「というわけで、やってきました」

翌日。アドナエル、イオフィエル、二人と同じく熾天使族《セラフィム》の双子姉妹のハニエルとアニエル一行は、マーメイド族の住む砂浜にやってきた。

全員がラフな服を着ている。日差しも強く、季節関係なしに真夏日が続いていた。

アドナエルは、花柄のシャツに半ズボン、日除けの黒いメガネをしている。

「あ、暑いネェ……」

「海ですから。さ、本日の別荘へ……お、来ましたね」

「お～い。天使様御一行はこっちらで～す‼」

「おがっふふぁ⁉」

アドナエルたちの元へ来たのは、上半身裸に腰布一枚だけの女性だった。

ハニエルがアドナエルの首をへし折るように掴んで角度を変え、アニエルがどこから出したのか黒い布をアドナエルの顔に被せる。

乳をぶるんぶるんと揺らしながらやってきたのは、マーメイド族のギーナ。アシュトに頼まれ、アドナエル一行を案内するために来たのだ。

「……ギーナ様。胸を」

「へ？　あ、そっか。地上じゃ胸隠すんだっけ。ごめんごめん」

普段、水中で生活しているマーメイド族は、羞恥心《しゅうちしん》がほぼない。

恥ずかしいという概念はあるが、そこに授乳器官を見られることは含まれていない……陸に上がると尾ビレが足に変化するが、よく服を着忘れることがあるという。

ギーナは、近くにあった黒くて太い海藻を拾い、適当に胸に巻きつける。

「じゃ、宿に案内するからついてきて‼」

「よろしくお願いします。ハニエル、アニエル、社長を」

「「はい」」

気を失ったアドナエルを双子の姉妹が運んでいく。

ギーナに案内されたのは、そこそこ立派な平屋の建物だった。同じような作りの木造建てがいくつも並んでいる。イオフィエルたちはそのうちの三つを借りることになっていた。

「今日はあたしらが陸上での魚料理を振る舞うよ!! 明日からは海底の町を案内してあげるから楽しみにしててね!!」

「ありがとうございます、ギーナ様。噂に聞くマーメイド族の町に行けるとは……」

「あはは。アシュト村長に感謝しなよー?」

イオフィエルがギーナに話を聞くと、クジャタ運送便がハイエルフの里まで行くようになり、マーメイド族の住むこの辺りにまで人が来るようになったらしい。そこで、宿泊用の家を何軒か建設したのだという。

いずれ、クジャタ運送便もこの海まで来ることになるそうだ。

「いやー、他種族の人と話すのって楽しいねぇ。アシュト村長には感謝感謝!!」

「やはり、人を惹きつける何かをお持ちなのですね」

「うんうん。あたしらには美味しい魚を届けるくらいしかできないけど……だからこそ、できることを精一杯やらないとね!!」

ギーナはイオフィエルとそんな話をし、夕飯の支度があると言って家を後にする。

すると、ハニエルとアニエルに看病されていたアドナエルが起きた。

「う、ウゥゥ～ン……？　あれ、ここは」

「大丈夫ですか、社長」

「先ほど、怪しい黒服が社長に襲いかかり、私とハニエルで撃退をしました。もう安心です」

「そ、そんなことが……」

堂々とアドナエルに告げる双子姉妹。

「ハニエル、アニエル、社長、今後の予定を説明します」

イオフィエルにそう言われてようやく事態を受け入れたのか、アドナエルは大きく頷いた。

「よし。こうなったら休暇をエンジョイしてやろうじゃない‼　エィィンジェル‼」

「「エィィンジェル‼」」

「では社長、夕食後に浜辺の散歩でも」と、イオフィエル。

「オォウ、デ～トのお誘いカァイ？」

「違います」

賑やかな天使たちの休暇は、始まったばかりだ。

第十一章　大人たちの晩酌《ばんしゃく》

ある日のビッグバロッグ王国にて。

アシュトの実兄であり王国の騎士団長であるリュドガと、その幼馴染で副団長のヒュンケルは、仕事終わりにビッグバロッグ城下町のとあるバーで酒を飲んでいた。

二人はもちろん私服。カウンターで隣り合い、キツめのテキーラをちびちび飲んでいる。

ヒュンケルは、砂糖菓子を口に入れる。

リュドガはカットレモンを口に含み、テキーラを飲む。

レモンの酸味と酒が混ざり、なんとも言えない味が口の中に広がった。

「っくぅ……美味い」

「そういや、お前とここで飲むの久しぶりだな」

「ああ。結婚する前のルナマリアを連れて三人で初めて入ったバーだ……あの頃が懐かしい」

「はは、背伸びして高級そうなバーに入ったんだよな。大衆居酒屋もいいけど、大人ならこういう酒場も知らないとダメだとかお前が言いだしてよ」

「そ、そうだったっけ？」

クスクス笑うヒュンケルを小突き、リュドガはテキーラのお代わりを注文する。

ヒュンケルは甘めのラム酒を注文し、リュドガと再び乾杯。

そして話題は、ルナマリアとリュドガの間に生まれてくる子供に移る。

「なぁ、子供の名前は考えたのか？」

「まぁな。父上と話し合って決めたよ。母上にも伝えたんだが……」

「お前の母上……アリューシア様は興味なさそうだよな。ま、別にいいだろ。で、どんな名前だ？」

「……まだ内緒だ」

「は？　お、オレにも内緒かよ？」

「ああ。アシュトとシェリーには近いうち伝えるけどね」

「ったく、楽しみにしておく」

「悪いな」

男の子か、女の子か。

リュドガとルナマリアはもちろん、ヒュンケルも気になっている。

というか、ビッグバロッグ王国中が気になっていた。なぜなら、結婚式も妊娠報告もあれほど大々的にしてきたのだ……生まれてくる子供が男か女か、気にならないはずがない。

「お前の父上……アイゼン様はどうしてる？」

「毎日ハラハラしてるよ……オレ以上にルナマリアの体調を気にしてな、シャヘル先生から教えてもらった薬膳《やくぜん》スープを作ったり、温室で薬草育てたり……ほんと、父上は変わったよ」

「それだけ聞くと別人だな……まぁ、もうすぐ『お爺ちゃん』だしな。初孫だし、緊張してるのかもな」

「ああ……それにしても、父親か」

「やれんのか？」

「覚悟はできてるさ。父として、将軍として……オレはオレの道を進むだけだ」

「カッコいいねぇ……さっすが『雷帝《らいてい》』だな」

「うるさいぞ、『烈風《れっぷう》』」

通り名で茶化し合い、酒を飲む二人は昔から変わらない。

「子供、魔法適性はやっぱ『雷』か？　それか『水』かな？」

「さぁな。父上の『炎』か母上の『光』かもしれない。こればかりは運だな」

アイゼンは『炎』、アリューシアは『光』の魔法適性を持つ。

その子供であるリュドガは『雷』、シェリーは『氷』、アシュトは『植物』と、魔法適性は遺伝でないことがわかる。どうなるかは生まれてから魔法が使える年齢になり、魔法適性を調べるまでわからない。

「ヒュンケル、お前は結婚しないのか？」

「あほ。相手がいねーよ。それに、独り身のが楽でいい」

「あの子は？　ほら、お前の秘書」

「フレイヤか？　あいつは結婚ってガラじゃねぇよ。姉のフライヤもだな」

「おいおい、女性に対してそんなこと言うなよ」

この日、二人の話は深夜まで続いたのだった。

◇◇◇◇◇

リュドガとヒュンケルがバーで酒を飲んでいる頃。

リュドガの実家であるエストレイヤ家でも、二人の男が酒を酌《く》み交わしていた。

一人は、エストレイヤ家の当主アイゼン。

もう一人は、アイゼンと同い年の男性だ。金色の髪は逆立ち、髭面《ひげづら》と合わさって獅子《しし》のように見える。五十代には見えないほど若々しかった。

「こうしてお前と飲むのは久しいな、アイゼン」

「そうだな……まぁ飲め、フドウ」

ビッグバロッグ王国の名門貴族、アトワイト家の当主フドウ。

ルナマリアとミュディの父親であり、アイゼンとは子供の頃からの付き合いでもあった。

二人は、エストレイヤ家屋上のテラスで飲んでいた。

フドウはブランデーの入ったグラスを片手に微笑を浮かべる。

「ルナマリアの調子もよさそうだ。出産までもう少し……ふふ、ガラにもなく緊張しているよ」

「フドウもか。ふふ、お互い様だな。わしも初孫が楽しみでな……はぁ、緊張する」

「そうか。ところで……名は決めたのか？」

「うむ。リュドガとルナマリアに全て任せようとしたのだが……ふふ、リュドガの奴、『父上にも考えていただきたい』などと言いよってな」

「くっ……オレのところには来なかったぞ」

「お前は遠征中だったろう？　手紙は届いてたはずだが」

「……ふん。知らん」

「まったく。手紙くらい読め……フドウ、お前は変わらんな」

アイゼンは、自分が育てた茹《ゆ》で野菜を口に入れる。

夜風で少し冷めてしまったが美味い。ジャガイモやニンジンを茹で、シンプルに塩を振っただけだが、これがまた酒に合う。

「アイゼン、お前は変わったな」

「む？」

「昔みたいに張りつめた感じがしなくなった。というか、見た目も変わったがな……」

今のアイゼンは、昔のアイゼンを知る者が見れば別人だ。

筋骨隆々の体躯はさらに鍛えられ、日焼けで真っ黒になっている。髪は短く刈られ、着ている服もタンクトップというスタイルだ。

まるで農民……というか、どう見ても農民だった。

「アイゼン。やはりお前の引退は早いと思うぞ」

「またその話か……悪いが、もう軍には戻らん。今は若者の指導をしているが、時期が来れば辞める。今はやりたいことがあるのでな」

「やれやれ……」

フドウはブランデーを飲み干し、アイゼンがお代わりを注ぐ。

茹で野菜に手を伸ばし口に入れると、フドウは顔をほころばせた。

「ほう、美味いな」

「だろう？　わしが育てた野菜だ」

男のサシ飲みは、まだまだ続く。

ブランデーの瓶を何本か空にしたアイゼンとフドウは、いい感じに酔っていた。

「覚えてるかアイゼン!!　若い頃、二人で狩ったワイルドベアをよ」

「当たり前だ。あの巨大バケモノ熊、わしの炎もお前の『重力』も効かず、死を覚悟したものだ」

「ああ。お前が命がけでワイルドベアの喉元に剣を突き立てて、オレの『重力』で重圧をかけたんだよな!!」

「ああ……ワイルドベアの討伐を新兵のガキ二人で達成、しかもエストレイヤ家とアトワイト家の次期当主がやったもんだから、国中大騒ぎだ」

「懐かしい……あの頃は三日三晩、酒を飲んで騒いでたな」

フドウの魔法適性は『重力』というレア属性。

『紅蓮《ぐれん》将軍』と呼ばれたアイゼンに対し、フドウは『圧殺《あっさつ》将軍』と呼ばれ恐れられた。

ビッグバロッグ王国の将軍として、二人はよき友人であり切磋琢磨《せっさたくま》し合う関係だった。

アイゼンは、何杯目かのブランデーを飲みながら聞く。

「ところでフドウ、ミュディのことだが……」

「……あれには可哀想なことをした」

「だが、結婚の話はルナマリアから聞いているのだろう？」

「ああ。お前のところの次男に嫁《とつ》いだのだったな……安心だが、やはり父として何かをしてやればよかった」

「ふ……まだ遅くない。わしもそうだったからな」

「…………」

「ルナマリアの出産予定日の前に帰ってくる。その時に向き合えばいい」

「ああ……ありがとな」

フドウはブランデーを飲み干す。大きく息を吐き、立ち上がった。

「ふぅ……少し酔ったな」

そうは見えない足取りでテラスの柵まで進むフドウ。そこからはエストレイヤ家の玄関、中庭、そして夜でも明るいビッグバロッグ王国の城下町がよく見えた。

すると、エストレイヤ家の前に一台の馬車が停まる。

「ん……おい、アイゼン」

「ん？」

「ちょっと来い」

アイゼンがフドウに呼ばれて柵に向かう。フドウはテラスから下を指さした。

そこにいたのは、酔ってフラフラのリュドガ、それを支えるヒュンケルだった。

「むぅ……」

「ったく、飲みすぎだっつの」

「うぅ〜ん……ルナマリアぁぁ〜……あかちゃん、可愛い子ぉ……」

「おい、オレはルナマリアじゃねぇ!!　顔近付けんなバカ!!」

そんなことを話しながら酔ったリュドガがヒュンケルに抱きつく。

だが、フドウもアイゼンもその光景を見て苦笑する。

「くくっ……なぁ、若い頃を思い出すな」

「ああ……そういえば、お前も酔っぱらってわしに運ばれたことがあったなぁ」

「バカ、逆だ。まだ酒の弱かったお前を、オレが運んでやったんだろうが」

「そうだったか？」

ヒュンケルがリュドガを連れてエストレイヤ家に入るのを見届け、アイゼンとフドウは酒盛りを再開。懐かしい話や過去の栄光を冗談交じりで話す二人は、どこか少年のような気持ちに戻って笑っていた。

結局、二人が酔い潰れるまで酒宴は続いたのだった。

第十二章　準備はしっかりと

ある晴れた日。

「にゃあ……」

「よしよし」

「ごろごろ……」

俺──アシュトは村の東屋《あずまや》でミュアちゃんと休憩していた。

休憩というか、今日は休みだ。

魔犬族のライラちゃんたちは仕事、植物幼女のマンドレイクとアルラウネは龍人族のローレライと一緒に読書、ワーウルフ族のコルンちゃんやアセナちゃんたちも仕事をしているので、久しぶりにミュアちゃんと二人きりだ。

のんびりと村を散歩し、東屋で休憩……俺に甘えてくるミュアちゃんをなでなで。

するとミュアちゃんは、気持ちいいのかスヤスヤと寝息を立て始めた。

「にゃむ……」

「はぁ……平和だなぁ」

小鳥の囀《さえず》り、柔らかな風、緑の匂い……そして、ほんのりと果実の香り。

サラマンダーたちが木材を運び、ドワーフたちが家を建て、ハイエルフたちが木箱いっぱいの果物を運び、モグラのブラックモール族たちがポテポテ列を作って通りすぎ、銀猫たちが野菜の入った籠を抱えて通りすぎ……実にのんびりした光景だ。

すると、東屋の屋根から黒い影が。

「みゃあ」

「ルミナ。お前もいたのか」

「日向《ひなた》ぼっこしてたんだ。ん……なんだ、そいつもいたのか」

「ああ、ミュアちゃんか？　気持ちいい天気だからな。寝ちゃったよ」

「にゃむ……」

ミュアちゃんを撫でると、ネコ耳がピクピクッと動く。さらに軽くネコ耳を揉む……おお、尻尾が揺れて顔がとろけた……可愛い。

「む……おい、そいつばっかり構うな。あたいも撫でろ」

「はいはい。お前もこっち来いよ」

「みゃう……まぁいい」

ルミナは何が気に食わないのか、しぶしぶな様子で俺の隣に。だが、ミュアちゃんを起こすようなことはせず、俺の腕に身体を擦りつけ始めた。

ルミナは、身体を擦りつけてくることが多い。ミュアちゃんは頭を撫でられるのが好きだが……同じネコでもけっこう違うな。

「みゃう……」

「よしよし。ごろごろ」

「ごろごろ……」

でも、喉を撫でるとゴロゴロ鳴く。

そしてルミナは俺の太ももを枕に、そのまま寝転がってしまった。

銀猫のミュアちゃんと黒猫のルミナ。共に可愛さがやばい。

二人の昼寝は一時間ほど続いた。

◇◇◇◇◇◇

その日の夜。俺はヒュンケル兄と植物魔法のリンリン・ベルで会話していた。

「――ってわけでさ、二人とも可愛いんだ」

『ふーん。そういや獣人のチビッ子がいたっけな……』

「ビッグバロッグ王国にも獣人っているよね？　確か、騎士団にも獣人の兵士とか騎士とかいたような……」

『いるぜ。獣人の部隊もあるけど……お前、覚えてないのか？』

「いやぁ、騎士とかあんまり興味なかったし……」

『やれやれ……』

一般兵、騎士、魔法師部隊。それに獣人の部隊もあるらしい。正確には、獣人と蟲人の混成部隊とか。まぁ興味がないのでどうでもいい。

『人間の部隊にエルフとかも交ざってるぜ。ビッグバロッグ王国は他種族の受け入れに寛容だからなぁ』

「へぇ～……」

しばらく談笑してから、ヒュンケル兄が言う。

『そういやお前、ルナマリアの出産に合わせて帰ってくるんだよな』

「うん。予定日はまだ先だよね。間に合うようには行くよ」

ルナマリア義姉さんの出産予定日までもう少し。俺はその時期に合わせ、ビッグバロッグ王国に帰省する予定だ。

兄さんと義姉さんの子供……どんな子が生まれるのか今から楽しみで仕方ない。

◇◇◇◇◇

ヒュンケル兄と話した翌日、俺は妹のシェリーと二人で喋っていた。話題はルナマリア義姉さんのこと。

シェリーはしみじみと言う。

「子供かぁ……お兄ちゃん、子供欲しい？」

「そりゃ欲しいよ。でも……いろいろ考えたけど、今はまだいいかな」

「なんで？」

「そりゃまぁ、仕事が忙しいからな。みんなも自分のやりたいことに夢中だし……」

ミュディは製糸場で服やデザインの仕事で忙しい。最近はアラクネー族の繊維を使っていろいろ作ってる。

エルミナは最近まで子供が欲しいと言って励んでたけど、清酒の研究を始めてからあまり求めてこない。いや、寂しくはないけどね……

そういう俺も、最近は図鑑を書いたり、日記をつけたりしている。これがまた楽しいのだ。

「それより、帰省の準備はしておけよ」

「はいはい。ところで、家に帰るメンバーって誰？」

「俺とお前とミュディ。あと護衛にデーモンオーガのディアムドさんとノーマちゃん」

「……妙な組み合わせね」

護衛に関しては、俺もそう思う。

まずディアムドさんは『今度出かける時はオレを連れていけ』と言われたからだ。慣れたとはいえ、あんな怖い顔で言われたら頷くほかない。

あと一人くらいは……と言ったら、デーモンオーガたちがクジを引いた。そこでアタリを引いたのがバルギルドさんの長女、ノーマちゃんというわけだ。

「あ、そうだ。アヴァロンを連れていっちゃダメ？」

「別にいいけど……長時間の飛行に耐えられるのか？」

「うっ……ランスローに聞いてみる」

……結論を言うと、シェリーの相棒アヴァロンはまだ幼竜なので、長時間飛行はダメでした。

ルナマリア義姉さんの出産予定日までもう少し。エストレイヤ家での滞在期間は二十日間の予定だ。

ディアムドさんは無表情でわからなかったが、ノーマちゃんはビッグバロッグ王国行きを楽しみにしていた。お土産や町でしか買えないものをいっぱい買いたいと言ってた。

俺も王国薬師で師匠でもあるシャヘル先生に挨拶したいし、久しぶりにビッグバロッグ王国を歩いてみたい。

こんな気持ちになるなんて、やっぱりあそこは故郷なんだなぁとしみじみ思う。

さて、俺も帰省の準備をしないとな……

◇◇◇◇◇

翌日。俺は再び、ヒュンケル兄とリンリン・ベルで話をしていた。

内容は、ビッグバロッグ王国への帰省についてだ。そろそろルナマリア義姉さんの出産予定日なので、帰省の旨をヒュンケル兄に伝えている。

なぜヒュンケル兄なのかと言うと、リュドガ兄さんと父上に渡したリンリン・ベルが繋がらないからだ……あの二人、忙しすぎだろ。

なので、連絡は全てヒュンケル兄にお願いしている。

「……ってわけで、明日には村を出発するよ」

『あいよ。ま、気を付けて来いよ』

「うん。兄さんや父上はともかく、母上に会ったら面倒だな……」

『大丈夫だろ。アリューシア様は最近、別邸で暮らして本邸に顔すら出していないようだからな』

「え……ルナマリア義姉さんが妊娠してるのに？」

『ああ。貴族の婦人会の話は知ってるか？』

母上が築いたビッグバロッグ王国貴族の婦人会に、リュドガ兄さんと結婚したルナマリア義姉さんを連れていったら、注目の的だった母上があっという間にその地位を脅《おびや》かされたって話か。

ルナマリア義姉さんの妊娠のおかげで、母上は貴族婦人たちから「おめでとうございます!!」の言葉を大量にもらっているらしく、それが気に食わないとか……なんとまぁ。

『アリューシア様、ルナマリアに会おうとしねぇんだよ。アイゼン様もリュドガも諦《あきら》めてるけど……ルナマリアはやっぱり、義母のアリューシア様とお喋りしてみたいって思ってるようだ」

「……そっか」

『ま、おめーが気に病《や》むことじゃねぇ。子供が生まれれば変わるかもしれねぇし、時間が解決することもある。とりあえずお前たちは、以前と同じルートでビッグバロッグ王国に帰ってこい。国境の砦《とりで》に話はつけてあるからよ』

「うん。ありがとう」

ヒュンケル兄には苦労をかけっぱなしだ。何かお礼をしないとな。

すると、ヒュンケル兄は少し疲れたように言った。

『にしても……リュドガもアイゼン様も、離れた場所から喋れるこんな便利な植物があるんだから、アシュトと話せばいいのにな』

「あはは。兄さんと父上には連絡入れてるんだけど繋がらないんだよね……だから最初からヒュンケル兄に繋げてるんだ」

『ったく、仕方ねぇなぁ。ま、気を付けて帰ってこいよ』

ヒュンケル兄との通話を終え、俺は大きな欠伸をした。

もう夜も遅い。明日出発だしそろそろ寝るか。

「俺、ミュディ、シェリー、ノーマちゃん、ディアムドさんでビッグバロッグ王国か……」

ベッドに入り、部屋の隅に置いた大きなカバンを見る。中には実家とヒュンケル兄とシャヘル先生へのお土産が入ってる。

ミュディたちもいろいろ準備しているようだし……正直、家に帰るのがこんなにワクワクするとは思ってなかったな。

「……寝よ」

俺は布団を被り、目を閉じ……睡魔に身を委ねた。

第十三章　帰省の序曲《プレリュード》

翌日。村の入口にビッグバロッグ王国行きのメンバーが集まった。

「ディアムド、娘を頼む」

「ああ、任せろ……というか、ノーマなら問題ないだろう」

見送りに来たバルギルドさん一家の視線は、長女のノーマちゃんへ。

「ねぇねぇミュディ、シェリー、人間の王国って楽しいの？　美味しいのいっぱいあるの？　くぅ～楽しみぃぃぃぃっ!!」

「あたしが案内してあげる。美味しいカフェとかいっぱいあるから楽しみにしててね!!」

「うんっ!!」

ミュディの言葉に大きく頷くノーマに、悔しそうな顔を向けるシンハ。

「いいなー、姉ちゃん」

「悪いねシンハ、今回はあたしが楽しんでくるわっ!!　あ、ねぇねぇ村長。お買い物にお金が必要なんだよね？　あたし人間のお金持ってないけど、これって売ったらお金になるかな？」

「どれどれ……って、これは!?」

ノーマちゃんが差し出してきたのは、海のように青い完全な球体だった。透き通り、太陽の光を浴びるとキラキラ光る……嘘だろ、これってまさか。

「倒した魔獣の脳から出たの。キレーだったからいくつか保管してあるんだけど、どうかな？」

「あ、ああ……これはたぶん、高純度の魔力の結晶だね。普通は砂粒くらいの大きさなんだけど……うん、売れるよ」

「ほんと？　じゃあこれ村長にあげるから、人間の国に到着したらお金ちょーだい」

これを換金したら豪邸が数軒買えるぞ……いくらやればいいんだろう？

生物には全て魔力が通っていて、体内に魔力の結晶ができることがある。でも、こんな大きな結晶は見たことがない。

……ってか、さっきノーマちゃん「いくつか保管してある」とか言ってたよな……？　ま、まぁ細かいことはいいや。それに、もともとお金は渡す予定だった。もちろんディアムドさんにも。

「アシュト。お姉さまの子供……楽しみだね」

「ああミュディ。でも今から緊張してるよ」

「名前、どうするんだろう？　お姉さまは『まだ秘密』って言ってたけど」

「俺もヒュンケル兄に聞いたけど知らないってさ」

「んー……ま、楽しみにしておこう」

「ああ。っと、来たな」

ミュディとそんな話をしてたら、支度を終えたドラゴンが空から地上に降りてきた。

ドラゴンの背には四角い箱が取りつけられ、箱の中には椅子やテーブルなどが設置されている。以前も使った運搬用の箱だが、改良して軽量化したようだ。

「遅くなり申し訳ありません。アシュト様」

そう言ったのは龍騎士のランスロー。

「いやいや、ありがとうランスロー、それとドラゴンたちも」

「いえ。では皆様、ドラゴンの背にお乗りください。これからオーベルシュタイン領土の境界の砦に向かいます」

荷物を積み込み、俺たちもドラゴンの背に座る。

見送りのみんなが声を掛けてくれた。

「アシュトー!!　お土産忘れないでねー!!」と、エルミナ。

「気を付けてね!!」と、ローレライ。

「ランスロー、お兄ちゃんたちをよろしくねー!!」と、クララベル。

他にも、デーモンオーガ一家たちやサラマンダー族、ブラックモールたちが手を振ってくれた。ちなみにエルダードワーフたちはまだ寝てる。まぁいいけどね。

「よし、出発!!」

俺の掛け声と共に、ランスローのドラゴンは上空へ舞い上がった。

ビッグバロッグ王国への帰省……今回はお忍びではない。ルナマリア義姉さんのお見舞いと子供の誕生を見届けに行く。

久しぶりに兄さんたちに、ヒュンケル兄に、シャヘル先生に会える。それを考えるだけでも楽しくて仕方ない。

ドラゴンの背から緑龍の村を見る……みんなが手を振っているのが見えた。

◇◇◇◇◇◇

アシュトたちが出発して一時間……緑龍の村はいつも通りの光景に戻った。

薬院ではダークエルフの少女エンジュ、ワーウルフ族の少年フレキが仕事をする。仕事休みのフレキの幼馴染のマカミは、ソファに座ってだらけていた。

フレキは、だらしない格好で横になるマカミに言う。

「マカミ……みっともない格好をするなよ」

「みっともない～？」

「パンツ見えそうって言えばええやん」

「ふ、フレキのスケベ!!」

「なっ⁉︎」

マカミは赤くなりバババッと起き上がり、フレキも動揺して赤くなり、エンジュを睨む。

短いスカートで寝転がり足をバタバタさせれば下着も見える。それに、マカミは胸にサラシを巻いて魔獣の革で作った胸当てをしているだけで露出が多い。うつ伏せだったので胸の谷間もよく見えていた。

フレキも十六歳の男の子……やはり、異性が気になるお年頃。

そんなことはお見通しとばかりにエンジュがフレキをからかう。

「なんや、おっぱいが気になるんか？　うりうり」

「ややや、やめてよ!!　く、くっつかないで!!」

「うひひ。フレキは可愛えぇなぁ」

「ちょ、エンジュ、フレキにくっつかないでよ!!」

「なーんや？　マカミが代わってくれるんか？」

「はぁぁぁぁっ!?」

薬院はギャーギャーと騒がしくなった。アシュトがいない日は、いつもこんな感じである。

フレキとエンジュを二人きりにしたくないマカミが薬院に遊びに来て、たまーにコルンも一緒に来る。ただし薬の匂いが苦手なコルンは、マンドレイクとアルラウネと一緒に遊んだり、図書館で勉強をしたりして過ごすことのほうが多いのだが。

「あれ、そういえばマカミ。コルンは？」

「あの子なら図書館で勉強してるわ。ローレライさんが勉強を教えてくれてるんだって」

「へぇ。あんたも勉強すればええやん」

「あ、あたしは字も書けるし本も読めるモン‼」

ムキになってエンジュに言い返すマカミ。

「お、意外やな」

マカミはチラッとフレキを見るが、フレキに特に反応はない。ガッカリするマカミ。

実は、小さな頃から本を読んでいたフレキに影響され、簡単な読み書きならできるようになっていたのだ。だが、フレキと共通の話題が欲しいからとは言えないマカミ。

「っと、仕事仕事。エンジュ、仕事の続きをするよ」

「へいへい。っと……そういえばルミナは何してるん？　まーたサボりかいな？」

「ベッド下で寝てるんじゃないの？　手伝ってもらいたいことがあるから、起こそう」

そう言って、ルミナの寝床である薬院のベッド下を覗くフレキ。

「……あれ、いないのかな？」

ルミナは、いなかった。

◇◇◇◇◇◇

「ふんふ〜ん」

「ふんふ〜ん」

「ハニエル、アニエル。鼻歌をやめなさい」

「はい、イオフィエル様」

「申し訳ありません、イオフィエル様」

衣食住の『衣』の全てを担当している村の製糸場では、ビッグバロッグ王国へ帰省したミュディの代わりに、熾天使族《セラフィム》のイオフィエルと整体師姉妹のハニエル・アニエルが働いていた。

この三人、ミュディの教えを受けているだけあって裁縫の腕前は高い。それに、機織り機の扱いもマスターし、初心者が最初に作るハンカチ作りを卒業した。

この三人が今作っているのは……下着だった。

しかも、露出の多いアダルトな下着。ミュディがまだ手をつけていないジャンルで新しいブランドを立ち上げようとしていたのである。

ハニエルとアニエルは、下着のデザインを考えスケッチをしている。

「……ミュディ様は、どうして下着をお作りにならないのでしょう？」

「初心《うぶ》だからですよ」

「ですが、ミュディ様はアシュト村長とすでに一線を越えられています。私たちよりも大人……」

「ハニエル、アニエル、やめなさい」

「「はい、イオフィエル様」」

ハニエルは際どいデザインのラフ画を、アニエルはフリフリの下着のラフ画をイオフィエルに提出する。

それを見たイオフィエルは目を細め、小さく頷いた。

「いいでしょう。まずは試作をいくつか作って試着を」

「試着はどなたが？　ハニエルに着せますか？」

「いえ、ここはアニエルに」

「そうですね……ディアーナにお願いしましょう。彼女のエロボディならどんな下着も映えるでしょう」

と、真面目な顔で言うイオフィエル。すると、ハニエルは首を傾げた。

「ですが、素直に着ていただけるのでしょうか？」

「そこは抜かりありません。ディアーナには個人的に借りがあるので、そのカードを切ろうと思います」

「おお、さすがイオフィエル様です」

天使三人がエロ下着を誰に着せるかトークを続けている。

ちなみここでは、天使三人だけではなく、魔犬族の少女たちも作業している。

正直なところ、魔犬族たちはそんな話をここでしてほしくない。なんといってもここにはまだ子供のライラもいるのだ……が。

魔犬族の少女シャインが気が付いた。

「……あれ、ライラ?」

ライラは、ここにいなかった。

◇◇◇◇◇◇

アシュトがいなくても、主の住まう屋敷は清潔にしなくてはならない。

それに、屋敷に住んでいるのはアシュトだけではない。アシュトの妻のエルミナ、ローレライ、クララベルが住んでいるのである。食事の支度もあるし、作業はいつもと変わらない。

シルメリアは屋敷の掃除を終え、キッチンの冷蔵庫を確認する。

「……ふむ」

中身は少ない。冷凍肉と魚と野菜が少しだけだ。

村の大型冷蔵庫に食材を取りに行かねばならない。シルメリアは、手伝いに来ていた銀猫のメイリィを呼ぶ。

「メイリィ、いらっしゃいますか?」

「はーいっ!!」

「食料庫に食材を取りに行きますので、手伝いをお願いします」

「はい。あれ、ミュアは？」

「あの子はお休みです」

「そうですか。わかりました、行きましょう」

メイリィは籠を掴み、シルメリアと一緒に食料庫へ向かう。

ちなみに、いつも一緒の銀猫メイド、シャーロットとマルチェラは使用人の家を掃除している。

「ご主人様、久しぶりの帰省なんですよね」

「ええ。お父上とお兄様が住む国へ」

「いいなぁ……」

メイリィは空を見上げる。

銀猫族は、オーベルシュタイン領土の外に出たことがない。主の側にいなければ何もできない弱い種族……しかしながら、主さえいればその戦闘力はデーモンオーガに次いで高い。

シルメリアは、アシュトのお世話ということで同行を申し出たが却下された。

シルメリアには、緑龍の村で自分たちの帰りを待っててほしい。アシュトにそう言われたのだ。世話ならエストレイヤ家に何人もメイドがいるので問題はない。だが……シルメリアは、ついていきたかった。

「……シルメリア？」

アシュトの側に、いたかった。アシュトの子供が欲しかった。

ミュアを産んだ姉のように、小さな銀猫を抱っこして、隣にはアシュトが笑って……

「あの、シルメリア？」

「にゃっ……な、なんでしょう？」

「いえ、食料庫はこっちですけど……」

最近、いろいろと考えてしまうことが多いシルメリアだった。

そして、この時点ではシルメリアもメイリィも、他の銀猫も気付いていない。

ミュアが、どこにもいないということに。

◇◇◇◇◇

「にゃあ。せまいー」

「わうう。揺れるー」

「みゃっ⁉　おい、あたいの尻尾掴むな‼」

とある木箱の中に、とある少女たちが三人、身体を寄せ合って入っていた。

その木箱は、ビッグバロッグ王国へ、正確にはエストレイヤ家へ送るお土産が入った箱。

荷物を運搬するドラゴンの背に括りつけられた箱の一つに、少女たちは潜《もぐ》り込んでいたのだった。

「にゃう。ご主人さまのお家……楽しみ」

「勝手についていって怒られない？」

「みゃあ。別にいいだろ。あいつは怒らない」

「でも、みんなでちゃんと謝ろう!!　で、ご主人さまと一緒に遊ぶー」

「わう!!　お兄ちゃんといっしょ」

「みゃあ……まったく」

ビッグバロッグ王国への到着まで、もう少し。

第十四章　ハプニングと行進曲《マーチ》

えー、ちょっと困ったことが起きました。

「にゃう」

「わうぅ」

「みゃあ」

俺——アシュトは、オーベルシュタイン領土を抜け、検問所の砦に到着した。ヒュンケル兄が手配してくれたようで、検問所では俺たちの乗るドラゴンが見えるなり出迎えてくれた。

そして荷物を整理していると……緑龍の村で収穫された果物を入れた箱から可愛らしい三人のにゃんことわんこが出てきたのだ。

そう、ミュアちゃん、ライラちゃん、ルミナの三人だ。

俺は頭を抱え、ミュディもちょっと困り、シェリーはため息を吐き、ノーマちゃんは俺の脇腹を肘でつつく。

「村長、甘やかすのもいいけど……少しはちゃんと言わないとダメだよ」

「わかってるよ」

さて、俺の前に整列した可愛らしいわんにゃんにどう話すか……

「ついてきちゃったんだね」

「にゃう。ご主人さまの側にいたかったの」と、ミュアちゃん。

「お兄ちゃん、お出かけ……寂しいの」と、ライラちゃん。

「ふん。お前がいなくなったら、誰があたいの毛繕いをするんだ」と、ルミナ。

いやはや可愛い……これ、怒る気なくすよ。でも、ちゃんと言わないと。

「いいかい。みんなの気持ちはよくわかった。でも、勝手なことしちゃダメでしょ？　シルメリアさんだって心配するし」

「にゃあ……」

「くぅん……」

「し、シルメリア……お、怒るか？」

「うん。帰ったらお仕置きだね。でも、ちゃんと謝ること、いいね？」

「にゃあい」

「わぅん。わかった……」

「……ま、まぁ仕方ない」

萎《しお》れてしまったネコ耳とイヌ耳を軽く揉むように撫で、お説教を終えた。

俺はミュディに頼み、シルメリアさん宛に手紙を書いてもらい、夜遅くで申し訳ないが、龍騎士の一人に頼んで村まで届けてもらうことにした。手紙の内容はもちろん、ミュアちゃん、ライラちゃん、ルミナもビッグバロッグ王国に向かうという報告。

「三人とも、大人しくできる？」

「にゃう。する!!」

「わたしも」

「あたいはお前が撫でてくれたらそれでいい」

「よし。じゃあ、ビッグバロッグ王国へ一緒に行こうか」

「にゃったぁー!!」

「わぅーん!!」

「ふん。とりあえず腹減った。あと撫でろ」

というわけで、可愛い三人の同行者が増えた。

「お兄ちゃん、この子たちに甘いねー」

「でも、それがアシュトだから。それに……みんな可愛いしね」

「あはは。ま、あたしは楽しいからいいと思うけど」

シェリー、ミュディ、ノーマちゃんがそんな話をしている。

ディアムドさんは何も言わず腕を組んでジッとしていた……この距離感が護衛としてのディアムドさんの距離だ。なんとも頼もしく、ありがたい。

「よし。腹も減ったし夕飯にしよう」

前回の検問所、砦の食事はあまり美味しくなかったが、今回はかなり豪勢な夕食だった。これもヒュンケル兄が手配したらしく、子供が三人増えてもまったく問題ない。

だが、子供の部屋だけはどうしようもなかったので、ライラちゃんはミュディの部屋、ルミナは俺の部屋のベッド下、ミュアちゃんは俺のベッドで一緒に寝ることに。

ビッグバロッグ王国まで空路と陸路で数日だし、今日はゆっくり休もう。

久しぶりのビッグバロッグ王国……兄さんたち元気かな。

◇◇◇◇◇◇

砦を出発して数日。

空を飛んでいたが目的地が近くなってきたので陸路に変更。大きな荷車に乗り換えた。

俺はおやつに、甘く煮たクリを食べながら言う。

「そろそろ見えてくるな」

ミュアちゃんは荷車に乗るのが楽しいのか、窓を開けて外を眺めている。

ちなみにルミナは荷車の屋根で丸くなっていた。ミュアちゃんもマネしようとしたがルミナにうっとうしがられたので俺に甘えてる。

ライラちゃんはのんびりと、ノーマちゃんに抱きしめられていた。

「久しぶりだけど、この辺の道は変わってないわねー」

「シェリーちゃん、詳しいね」

「ま、軍の遠征とかでよく通った道だからね」

シェリーは見慣れた光景に頬を緩ませ、ミュディも甘クリを摘みながらニコニコと会話する。

ノーマちゃんもライラちゃんを抱っこしながら、ワクワクを隠せないようだった。

「あ～楽しみ。人間の国……何があるのかなぁ？　ねぇおじさん!!」

「……さぁな。だが、オレは守るだけだ」

「あたしも護衛ってことは忘れてないから!!」

ディアムドさんはノーマちゃんと話し、落ち着いてる。ビッグバロッグ王国より栄えてる悪魔都市ベルゼブブに行ったことがあるからな。護衛だし静かに距離を置いて守ってくれるのは実に心強い。

そして、ついに見えてきた……大きな壁に囲まれた大国。

「見えた!! ご主人さま、おっきいの見えた!!」

「ああ。あれがビッグバロッグ王国……俺たちの故郷だよ」

「にゃあ!! すごーい!!」

俺はミュアちゃんを撫で、久しぶりのビッグバロッグ王国を眺める。

まだ遠いが、町を囲う壁は変わっていない。懐かしい……それに。

「結婚の報告、ちゃんと父上にしないとな……なあ、ミュディ」

「え?」

「お前も、フドウ将軍に結婚の報告したほうがいいんじゃないか?」

「あ……で、でも。お父様とはもう十年以上喋ってないし、結婚の時も……」

「ルナマリア義姉さんが報告くらいはしてるだろ。やっぱり生みの親だし……どうだ?」

「…………」

「お兄ちゃん、いきなりは無理だって。お兄ちゃんだってそうでしょ?」と、シェリー。

「……そうだな。悪いミュディ」

「ううん、いいの……」

少し、余計なことを言ってしまったかも。

ミュディの父であるフドウ将軍は、紅蓮将軍と呼ばれた父上――アイゼン将軍に並ぶ『圧殺将軍』と呼ばれた『重力』魔法の使い手だ。あらゆるものに重さを加えてぺしゃんこにする魔法はとっても強い。

父上とフドウ将軍は昔からの知り合いで、以前リュドガ兄さんとミュディの婚約話があったのはこのためだ。父上は反省してるらしいけど、フドウ将軍はどうなのか未だによくわからない。

まぁ、謝罪してほしいわけじゃないけど……娘であるミュディが俺と結婚し、オーベルシュタイン領土で暮らしているってことは知らせておきたい。

まぁ、その娘がデザイナーの素質を開花させ、悪魔族《デヴィル》や天使族《エンジェル》の間で『ミュディ・ブランド』なる商品を作っているなんて思いもしないだろうけどな。しかもミュディに裁縫を習おうと大勢の天使や悪魔が村の製糸場で働き、ミュディはそこのボスみたいになってるとか。

「……はぁ」

目の前でため息を吐くミュディ……うーん、こうして見るとそんな冒険しそうにない、美少女なお嬢様なんだけどな。あ、あと俺の嫁。

とりあえず、フドウ将軍の件はミュディに任せるか。あくまで、ルナマリア義姉さんの見舞いがメインだしな。

「あと俺はシャヘル先生に挨拶かな。できれば手術の技法をもっと教えてほしい」

魔獣に襲われたルネアの腕の治療で、手術の重要さを知ったからな。エンジュからいろいろな手術技法を習ってはいるけど、師であるシャヘル先生からもきちんと手ほどきを受けたい。

俺はちょっと悩んでいる様子のミュディに、気分を変えてほしくて言う。

「それと、久しぶりのビッグバロッグ王国だ。みんなで町を見てまわりたいな」

「確かに。ノーマちゃんたちもお土産買いたいだろうし、わたしもいろいろ見てまわりたいな」

窓の外を眺めるノーマちゃんたちに目を向けるミュディ。いろいろ大人の事情はあるけど、楽しい思い出を作ってほしいものだ。

「村長、めっちゃ町が近くなってきたよ!!」と、はしゃぐノーマちゃん。

ビッグバロッグ王国の正門が見えてきた……今は、はっきりと言える。

「ただいま」

ここは、俺の故郷だ。

第十五章　それぞれの休暇と嬉遊曲《ディヴェルティメント》

久しぶりのビッグバロッグ王国だ。荷車は正門を潜り、城下町へ進む。

「にゃおぉぉーっ!!　いっぱい、いっぱいいいる!!」

「ミュアちゃん、ほら大人しく」

「にゃあう」

馬車の窓から身を乗り出そうとするミュアちゃんを押さえ、俺たちも外を見る。

ビッグバロッグ王国、城下町。

横幅の広い馬車専用道路に、道を行き交う人々、出店が並び、焼きたてのパンや肉串を片手に歩く観光客も多い。

今までは気にしていなかったが、ビッグバロッグ王国にも多数の種族が住んでいる。

猫族、犬族、亜人も多いし蟲人もいる……あ、あの人、蟲人だ。

黒いツヤツヤした表皮に、牙のような下あご、目は真っ黒でツルツル……まるでアリみたいだ。

でも友達らしき人間や獣人と一緒に笑ってる。

ビッグバロッグ王国は他種族を受け入れ、文化を発展させてきたんだっけ……故郷のことなのに、今さら思い知らされたよ。この国は広く、そしてすごい。

「アシュト、どうしたの？」

ミュディがライラちゃんを抱っこしながら首を傾げた。

「いや……村を興したからかな？　今まで見えなかったものがよく見える」

ま、これは村長として俺が成長しているから……そういうことにしておいてくれ。

するとシェリーとノーマちゃんが言う。

「お兄ちゃん、まずはどうすんの？　家に帰る？」

「村長村長、あたし町を見てまわりたーい!!」

「にゃおーん!!　わたしも!!」と、ミュアちゃん。

「わうーん!!　わたしも!!」と、ライラちゃん。

「待て待て。観光はもうちょい待って。まずは荷物を降ろしてから」

久しぶりに王国に来たシェリーやミュディもさることながら、初めてのノーマちゃんたちはなおさら町に興奮してる。ディアムドさんは相変わらず落ち着いてるけどね。

すると、馬車の窓からルミナが入ってきた。

「みゃう」

「おっと。よしよし」

「ごろごろ」

無言で俺に身体を擦りつけてきたので、とりあえず喉を撫でる。

よし、これで全員揃ったな。

馬車は、一軒の屋敷前で停車した。

馬車を見るなり門兵は門を開け、中まで案内してくれた。そして、屋敷の主が俺たちを出迎えてくれる。

「よう、久しぶりだな」

「ヒュンケル兄!!」

そう、ここはヒュンケル兄の屋敷。リンリン・ベルで会話はしていたけど、こうやって顔を合わせるのは久しぶりだ。

俺は思わずヒュンケル兄に抱きつく。

「ったく、ガキかお前は」

「へへ……久しぶり」

「おう。シェリー、ミュディも」

「うん。ヒュンケル兄、元気してた？」

「お久しぶりです、ヒュンケルさん」

シェリーもミュディも、ヒュンケル兄とは馴染み深い。本当の兄貴みたいに接していたからな。

ヒュンケル兄の視線は、すぐ近くのチビッコたちに向く。

「お、久しぶりだな。チビ猫、わんこ」

「にゃあ。ミュアだよ!!」

「わたしはライラ!!」

「ははは。悪い悪い。ん……そっちのクロネコは初めてだな」

「みゃう」

ミュアちゃんとライラちゃんを撫でたヒュンケル兄は、ルミナを撫でようとして避《さ》けられた。

「みゃあ、触るな」

「おっと。悪い悪い、ははは、撫でられるの嫌いか？」

「うるさい」

ルミナはプイッとそっぽ向く。

ヒュンケル兄はそれ以上何も言わず、ノーマちゃんとディアムドさんの方へ。

「ようお嬢さん。それとディアムドさん、お久しぶりです」

「久しぶり、お兄さん。新年会以来だねっ」

「久しいな」

そういや、新年会ぶりなのか。

ノーマちゃんと面識はあるみたいだし、ディアムドさんとは新年会で酒を飲んでいたっけ。

とにかく、これで全員の顔合わせが済んだ。

「つーか、一つ言わせろ……」

ヒュンケル兄は苦笑して言った。

「帰省して最初に来るのがオレのとこか？　普通は実家だろ……」

ごもっともです……まぁ、そうだよな。

その後、ヒュンケル兄の屋敷でお茶をもらい、その間にエストレイヤ家に連絡してもらった。俺たちが到着したことをリュドガ兄さんたちに伝えてもらうためだ。

「連絡は入れたから、少し休んでから向かえ。昼飯は食ったか？」

「いや、まだ」

「そうか。とりあえず、昼も過ぎたしここで食っていけ。ルナマリアたちはもう済ませただろうし、お前らと喋ってる時に腹でも鳴ったらあいつが気を遣うからな」

「「「………」」」

「な、なんだよ」

「いや、ヒュンケル兄……やっぱりモテそうだよね」

「うんうん。すっごくよく気遣いができるよね」

シェリーとミュディがそう言うと、ヒュンケル兄は苦笑した。そして、使用人に命じて簡単な昼食を準備させる。

今日の昼食は肉と野菜のサンドイッチ。人数が多いので量もたくさんだ。

「にゃう。おいしい!!」

「わふぅ。村とは違う味かも」

「みゃう。うまい」

「ははは、いっぱい食えチビッコ」

ミュアちゃんたちはたくさんサンドイッチを食べ、満腹になった。

食後のお茶を飲んでいると、やっぱり……

「あらら、寝ちゃったね……ふふ、かわいい」

ミュディがライラちゃんを優しく撫でる。

子供たちは寄り添うようにスヤスヤ眠ってしまった。これは数時間は起きないだろう。

ヒュンケル兄は使用人に命じ、隣の部屋のベッドにミュアちゃんとライラちゃんを運ばせる。

ルミナだけは俺が運ぶと、三人は同じベッドで仲良く横になって眠る。

「チビッコたちはオレが見てる。お前たちはルナマリアのところへ行ってこい」

「うん。兄さんもいるかな？」

「いや、あいつは仕事だ。アイゼン様と一緒のはずだから、帰ってくるのは夜になるだろうよ」

ヒュンケル兄の言葉に、シェリーが少し嫌な顔で言う。

「……お母さんは？」

「アリューシア様か？　あー……」

「もういい。わかった」

「……お、おう」

言いよどむヒュンケル兄の反応を見て察したのか、シェリーはそれ以上聞かない。

そっか。俺もミュディのこと言えないな……母上と向き合う日がいつかは来るだろう。

「よし、行くか。じゃあヒュンケル兄、ミュアちゃんたちを頼むよ。後で迎えに来るから」

「おう。しばらく滞在するならオレのとこに来いよ？　美味い酒場をいくつか紹介してやる。もちろん、ミュディとシェリーも一緒にな」

「やっぱヒュンケル兄ってイケメンだよね。なーんでモテないのかしらねー」

「しぇ、シェリーちゃん‼」

「ははは、じゃ、またな」

そんなことをみんなで話しながら、ヒュンケル兄の屋敷を出た。

向かうはエストレイヤ家。まずはルナマリア義姉さんに挨拶しよう。

◇◇◇◇◇

ビッグバロッグ王国貴族街と呼ばれる、貴族たちの住まう区画の最も高い丘に、エストレイヤ家はある。

この辺りでは一番大きな屋敷だ。途中、ミュディの家もあったが素通りした。

懐かしい道だ。昔は一人乗りの馬車に乗って、シャヘル先生の温室へ行ったり、ビッグバロッグ王城の王宮温室で薬草の種類や手入れの方法を習ったりしてたなぁ。

この辺りは変わらない。エストレイヤ家を恐れているのとは違うけど、あまり貴族たちは近付こうとしない。

「相変わらず遠いわねぇ……城下町から遠いのがすっごく嫌なのよね」と、シェリー。

「まぁまぁ、シェリーちゃん」と、ミュディ。

「ミュディの家は近いからいいわよねぇ」

「あ、あはは……」

「ねぇねぇ、あれが村長の家？」と、ノーマちゃん。

「そうだよ、ノーマちゃん」

「でっかいねぇ……」

確かに、デカい……昔は、デカいだけでカラッポな家だと思ってた。

正直、家を出てシャヘル先生の家に住み込みで働きたいと思ってたっけな。

「今は、ルナマリア義姉さんと兄さんの住む家だな」

「うん。お父さんから聞いたけど、お母さんってば別邸に住んでるみたいよ」

「へぇ～……って、シェリー。お前なんでそんなこと知ってるんだ」

「え、リンリン・ベルで聞いた」

「……俺が連絡してもほとんど繋がらないのに」

「え、そうなの？」

ま、まぁいい……そんなことより、家に着いた。

馬車を降りると、使用人がいっぱい出てきて、俺たちの馬車の後ろについてきた馬車から荷物を降ろし始めた。

すると、執事長のセバッサンとメイド長のミルコが俺たちの前に。

「お久しぶりです。アシュト様、シェリー様」

「セバッサン、それにミルコ。久しぶり」

「ミルコ!!」

シェリーはミルコに抱きついた。

ミルコはメイド長。だが、俺たちにとっては母上のような存在だ。服を汚したら叱られ、つまみ食いしたら叱られ、イタズラしたら叱られ……この人だけは、俺たちをちゃんと叱ってくれたんだよな。

ちなみにセバッサンは父上に仕える執事だ。

「お荷物はお部屋へお運びします。ルナマリア様はお部屋でくつろいでいらっしゃいますが、さっそくお会いしますかな？」

「もちろん。みんな、いいよね？」

「「「当然!!」」」とみんなが言う中、ノーマちゃんとディアムドさんは黙って頷いた。護衛なので、ここからは不要な会話をしないらしい。

そんなこと気にしなくていいのに……とは言わない。ちゃんと仕事をしてるってことだしな。

俺たちはセバッサンとミルコに案内され、ルナマリア義姉さんの元へ向かった。

ルナマリア義姉さんの部屋は広い。

窓は開かれ、透き通るようなカーテンが風に揺れ、太陽の光が室内を明るく照らしている。

大きな天蓋《てんがい》つきベッドがあり、そこにルナマリア義姉さんがいた。

「おお、来たか……おかえりなさい」

「お姉さまっ‼」

柔らかい微笑みで出迎えたルナマリア義姉さんに真っ先に向かったのは、やはり彼女の実の妹であるミュディだ。

ミュディはお腹の大きなルナマリア義姉さんの負担にならないように気遣いつつも、ルナマリア義姉さんの胸に甘える。まるで俺に甘えるミュアちゃんみたいだ。

「お姉さま……お久しぶりです」

「ああ。久しぶりだなミュディ……ふふ」

「お姉さま、お腹、すっごく大きいです……ここに赤ちゃんが？」

「ああ。シャヘル先生の診断では順調に育っているようだ」

そして、ルナマリア義姉さんは俺とシェリーを見る。ちなみにノーマちゃんとディアムドさんは外で待っている。気を遣ってくれたようだ。

「アシュト、シェリー。お前たちもこっちに来い」

「うん!!　ルナマリアさん、お腹触っていいー？」

「ああ、いいぞ」

「やった!!」

シェリーは少女みたいにはしゃぎ、ミュディと一緒にお腹を触る。

俺も側に行き、ルナマリア義姉さんのお腹を触診して気が付いた。

「あれ、これ……もしかして」

「お兄ちゃん？」

「アシュト？」

シェリーとミュディは気付かないようだが、薬師として診断をする際によく触診をする俺は気付いた。

「ふふ、さすがアシュト。気が付いたか」

「ルナマリア義姉さん、もしかして……二人いるの？」

「ああ。どうやら、双子のようだ」

「「えっ……えぇっ!!」」

「やっぱり」

ルナマリア義姉さんの子供、まさかの双子でした。

ちょっとした驚きはあったが、ルナマリア義姉さんが元気そうでよかった。

念のため、俺も体調を確認したが、ルナマリア義姉さんは食欲もあるし寝たきりではなくちゃんと運動もしている。シャヘル先生の言うとおりにしているとのこと。

ミルコが淹れたお茶を飲みながらのんびりと喋っていると、ミュディが荷物を取り出す。

「あのね、お姉さま。赤ちゃんのためにいろいろ作ってきたの。赤ちゃん用の服に、ぬいぐるみに、柔らかいアラクネー族の繊維を使ったかけ毛布に」

「ま、待て待てミュディ。そんなに作ってきたのか？」

「うん!! お姉さま。わたしもついてるから、元気な赤ちゃんを産んでね」

「ミュディ……ふふ、こんなに可愛い妹がついてるとは、私は幸せ者だな」

「えへへ……」

「「………」」

えー、俺とシェリーの入る余地がありません。

このままこっそり部屋を出ても気付かれそうにないな。

なんとなくシェリーと顔を見合わせ、部屋から出ようとした時だった。

「入るぞ」

「え、あ……兄さん!?」

「リュウ兄!!」

なんと、リュドガ兄さんが部屋に入ってきた。

騎士の礼服を着て腰に剣を差している。あ、差してる剣はエストレイヤ家の宝剣ビスマルクだ。

リュドガ兄さんはにっこり笑う。

「アシュト、シェリー、久しいな。ミュディも元気そうで何よりだ」

「に、兄さん？　帰りは遅くなるんじゃ？」

「少しだけ抜けてきた。お前たちが帰ってきたと連絡があってな……父上が顔を見せてこいと」

「お父さんが……えへへ、リュウ兄ぃ」

「おっと」

シェリーは兄さんの胸に飛び込んで甘える。ああ、シェリーもリュドガ兄さんにはよくこうして甘えるんだよな。ミュディと同じじゃないか。

俺は飛び込まず、兄さんの側へ行き尋ねる。

「兄さん、その剣……」

俺は兄さんの結婚祝いに、エルダードワーフが作ったオリハルコン製の剣、『虹神剣《こうじんけん》ナナツキラボシ』を贈っていた。でも今リュドガ兄さんの腰にあるのは……

「おっと。安心しろ、お前にもらった剣はちゃんと飾ってある。父上とも相談してな、今後あの剣をエストレイヤ家の家宝とすることにした」

「そっか。あはは、なんかくすぐったいや」

「ふ、おかげでこの剣……もともとの家宝だった宝剣ビスマルクを気兼ねなく使える」

兄さんはシェリーの頭を撫でながら、ルナマリア義姉さんに聞く。

「ルナマリア、身体は？」

「大丈夫だ。アシュトにも診察してもらったからな」

「そうか……ありがとう、アシュト」

「うん。兄さん、夕食は一緒に食べれるの？」

「……少し難しいな。今夜は貴族会の集まりがある……すまない」

「いいって。ビッグバロッグ貴族との繋がりも大事だし……それに、ルナマリア義姉さんの子供が生まれるまでは滞在するつもりだから」

「そうか……なら、いい店をいくつか知っている。たまには酒でも酌み交わそう」

「うん。ははっ、それヒュンケル兄にも言われたな」

「何？　まったく、あいつめ」

「ちょっとちょっと。あたしを抜きにして二人で喋らないでよ。あたしだって妹なんだから、お兄ちゃんやリュウ兄と一緒に行きたいー!!」

俺とリュドガ兄さんとシェリーの三人で話しているとミュディがクスッと笑う。

「兄妹だねぇ」

「そうだな。ミュディ、出産後しばらくしたらお前とも酒を飲めるだろう。付き合ってくれるか？」

「はい、お姉さま。でも、まずはお茶とお菓子から始めましょう。実は、緑龍の村から美味しい紅茶とお菓子を持ってきたんです」

「ほう、それは楽しみだ」

ミュディが言うとルナマリア義姉さんだけじゃなく、リュドガ兄さんも嬉しそうな顔だ。

「アシュト。カーフィーはあるか？　お前からもらった分がなくなってしまってな」

「もちろん。高級なのをいっぱい持ってきたよ」

「おお、ヒュンケルも喜ぶ。あいつの秘書もカーフィーにハマッたようでな」

「そうなの？　そうだ兄さん、まだ仕事は大丈夫？　せっかくだし飲んでいかない？」

「お、それはいいな」

「あたしも飲む。あ、ミルクと砂糖をよろしくね」とシェリー。

「お子様舌め……」

「お兄ちゃん、何か言った？」

「い、いえ……なんでも」

杖を出して笑顔のシェリーを宥《なだ》め、さっそくカーフィーの支度をした。

ディミトリからは「身籠《みご》もっている女性にカーフィーはダメです!!」と言われた。なので、ルナマリア義姉さんのカーフィーは出産を終えるまでお預けだ。

茶菓子はもちろん、ミュディがこの日のために作った香草入りクッキー。

「うむ、美味い……さすがミュディだな」

「よかったぁ。日持ちするように硬めに焼いたんです。香草は身体にいいものをアシュトに選んでもらって、お姉さまが元気な赤ちゃんを産めるようにと願いを込めて……」

ミュディ、マジで聖母だな。

少し硬い香草入りクッキーは普通に美味しい。カーフィーにおあつらえ向きのおやつだ。

リュドガ兄さんもサクサクとクッキーを齧る。

「アシュト。オレは夕食には参加できないが、父上は夕方には帰ってくるはずだ。一緒に食事をするといいだろう」

「うん。ありがとう」

「あと、少し頼みがあるんだが……」

「ん？」

「今、思いついたんだが、外にいるディアムド殿を少し借りてもいいだろうか？　緑龍の村で少し手合わせしたが、あれほどの使い手はそういない。兵たちのいい刺激になると思うんだ」

「え、いいけど……そんないきなりでいいの？」

「ああ。新兵はともかく、ベテラン騎士の相手はオレとフドウ将軍しかできないからな。ディアムド殿が手伝ってくれれば、いい刺激にもなる」

ディアムドさん、手加減できるかな……？　兄さんが軍を率いて討伐に出かけるような魔獣を、朝の運動がてら狩るような強さだぞ。ちょっと小突いたら全身骨折なんて冗談じゃない。

ノーマちゃんならいいかもしれないけど、ベテラン騎士が十代の少女に叩きのめされたら立ち直れないだろう。それに、ノーマちゃんは買い物を楽しみにしてるし、騎士団に行かせるのもなぁ。

「アシュト？」

「あ、うん。ちょっと待って……」

俺が部屋の外へ出ると、ディアムドさんとノーマちゃんが扉を守るように立っていた。

「む、どうした」

「ふぁぁ～……ん？　なになに？」

「あの、ディアムドさんにお願いがあります。二人とも中へ」

二人を部屋に入れ、カーフィーを用意する。

面識があるので、ディアムドさんとノーマちゃんは兄さんたちに軽く会釈《えしゃく》だけした。

俺はリュドガ兄さんの話をディアムドさんにする。

「すまんな。オレは村長の護衛としてこの場にいる。村長の側から離れるワケにはいかん」

と、ディアムドさんの答えは予測できたものだった。素直に嬉しいけど、今回は護衛より優先してほしいことがあるかな。

「ディアムドさん。俺の護衛はノーマちゃんがいるんで、兄さんに協力してあげてください。ビッグバロッグ王国の騎士を揉んでやってくださいよ」

「む……しかし」

「お願いします」

「……わかった」

「無理を言って申し訳ない。報酬は支払いますので……」

しぶしぶしながら引き受けてくれたディアムドさんにリュドガ兄さんは頭を下げる。

「ありがとうアシュト。では、オレは仕事に戻る」

そう言って、リュドガ兄さんとディアムドさんの二人は出ていった。

残されたのはノーマちゃんだ。

「うっひゃぁ～……護衛はあたし一人って、責任重大だね!!　がんばるから!!」

「うん。ノーマちゃん、明日はミュディたちの護衛として買い物に同行して。俺は家にいるからさ」

「え」

「ミュディ、シェリーもそれでいいか？」

「もっちろん。ノーマ、いいお店いっぱい知ってるから案内してあげる」

「ふふ、わたしも」

「わぉ……えへへっ、ありがとう村長!!」と、ノーマちゃんは嬉しそうだった。

それから一時間ほど談笑していると、部屋のドアがノックされた。

部屋に入ってきたのは、ミュアちゃん、ライラちゃん、ルミナの可愛らしい三人だ。どうやら起きた三人を、ヒュンケル兄がこの屋敷まで送ってくれたらしい。

三人の頭を撫でると、寝起きなのか欠伸をしている。

「にゃう？　あ」

「わぅん。おねえさんだー」

ミュアちゃんとライラちゃんは尻尾をフリフリしながらルナマリア義姉さんの元へ。

「お前たち、久しぶりだな」

「にゃぉぉ……おなか、おっきい」

「おかぁさん？」

「ああ。もうすぐでな」

二人はルナマリア義姉さんのお腹を撫でたり、ネコ耳とイヌ耳を当てて鼓動を聞いたりする。

「ん、そっちの黒い子は初めてだな」

「……」

「ほら、ご挨拶しろルミナ」

「みゃう……」

「ふふ、人見知りなのか？」

ルナマリア義姉さんに声を掛けられてるのに、ルミナは俺に寄りかかり、身体を擦りつける。

ま、ルミナは人見知りだから仕方ない。未だに俺だけしか触らせないしな。

そして夕方。父上が帰ってきた。

俺とシェリーの二人は、エストレイヤ家正面玄関で父上を出迎える。

「ふぅ……おぉ、アシュト、シェリー!!」

「おかえりなさい、父上」

「おかえり、お父さん……って、帰ってきたのはあたしたちなのに、変な感じね」

「ははは。そうかもな」

えーと、父上って騎士団から帰ってきたんだよな?

汗だくのタンクトップ、泥まみれのズボンとブーツ、頭には手拭いを巻いている……なんか、騎士団帰りというか、農作業を終えたガタイのいい農民みたいだ。

「む、すまん。シャツに泥が」

「……っ!!」

俺は気付いた。

泥を落とそうとシャツを捲《まく》った父上の腹筋が、とんでもなく割れていることに。

くっ……俺だっていつかきっと。

「お兄ちゃん、また変なこと考えてるでしょ」

「なな、なんのことだ？」

シェリー、なんでいつも俺の考えてることがわかるんだ。

とにかく、いつまでも玄関にいるのも変だし、家の中へ。

父上は着替えに向かった。これから夕食だが、急にミュアちゃんがこんなことを言う。

「にゃう。おねえさんと一緒にごはん食べたいー」

「え……？　はは、私は気にしなくていい。みんなで食べてきなさい」

「にゃぁう。いっしょがいいの!!」

すっかりルナマリア義姉さんに懐いたミュアちゃん。

義姉さんは食堂では食べず、自室で消化のいいものを食べている。俺たちはダイニングルームで食事という話だったが……うん、そうだな。

「ルナマリア義姉さん、ミュアちゃんの言うとおり、俺たちもここで一緒に食べるよ」

「え……」

「そうだね。お姉さま、せっかく帰ってきたのですし、ご一緒したいです」

「ミュディ……」

「そういうことで。じゃ、あたしお父さんとミルコに言ってくる。今日の夕食会場はルナマリアさんの部屋だ、ってね」

「シェリーまで……ふ、ありがとう」

そんなわけで夕食は、とても賑やかで、とても楽しかった。

◇◇◇◇◇

翌日。ミュディたち、ミュアちゃん、ライラちゃんといった女子組は買い物に出かけ、ディアムドさんはリュドガ兄さんと騎士団へ。俺は一人でシャヘル先生の家に向かった。

一人で向かったはずなんだが……途中でルミナが合流してきた。

「みゃう……あいつら、元気ありすぎて疲れる。なんとか逃げてきた……」

「そっか。でも、俺と一緒にいてもたぶんつまらないぞ？」

「いい。撫でろ」

仕方なくルミナの頭を撫でながら、シャヘル先生の家へ。

俺の手には、ルネアの手術記録と、エンジュが書いた手術技法のメモがある。

村では外傷も多いから、もっと手術のことを聞かないと。

「さ、着いた。行くぞ」

「みゃう」

ルミナとシャヘル先生の家に到着。外にある畑や小さな温室……久しぶりだな。

ドアをノックすると、中から声が。

「はいはい、っと……アシュトくん。お久しぶりですね」

「シャヘル先生!!　お久しぶりです。あの、これお土産のカーフィーです。ヒュンケル兄からシャヘル先生がカーフィーが好きって聞いたので」

「おやおや、これはありがたい。ふふ、さぁ中へどうぞ。顔を見ればわかります……何か聞きたいことがあるのですね？」

「はい!!」

「さ、そちらのお嬢さんも」

「みゃあ」

シャヘル先生、元気そうでよかった。先生とルミナの顔合わせも済んだし、さっそくいろいろ話をしよう!!

シャヘル先生の淹れたカーフィーを啜り、蒸《ふ》かしたイモを食べる。意外にもイモとカーフィーの組み合わせがいい。今度は自分の家でもやってみよう。

ルミナは果実水を飲み干すとソファで丸くなって寝てしまった。これから難しい話になるので別にいいか。

俺はカーフィーを飲み干し、村から持ってきた資料を先生の前のテーブルの上に並べる。

「これは……」

「俺が緑龍の村で行った手術の記録です。いくつか気になる部分があるんですけど……それと、うちのダークエルフから習った手技の方法をまとめた資料もあります」

「ほう……まずは、アシュトくんの手術の記録から見せてもらいましょうか。確認しながら話しましょう。少し長くなるかもしれませんが」

「構いません。よろしくお願いします!!」

「はい。ふふ、久しぶりの授業といきましょうか」

「はい!!」

不思議と、俺はワクワクしていた。

シャヘル先生の隣に移動し、メモ書き用の羊皮紙を準備。そして手術の記録を見たシャヘル先生の指摘に答え、メモをして、質問をして……時間はどんどん過ぎていく。

いつの間にか、テーブルの上にはメモ書き用の羊皮紙が山になっていたが、俺とシャヘル先生はまったく気にならなかった。

「なるほど。縫合に魔獣の体毛を使う場合もあるのですか」

「はい。エンジュから習ったんですが、ヴァイコーンと呼ばれる馬の魔獣の鬣《たてがみ》が縫合糸の代わりになるそうです。蜘蛛の糸より細いだけでなく、岩を巻きつけてぶら下げても切れない頑強さがあります。でも……」

「針、ですね？」

「はい。縫合用の針を作る技術がダークエルフにはないそうで……旅のエルダードワーフにいくつか針を作ってもらったり、川魚の骨を代用したりしていたそうです」

「ふむ……」

医療トークは止まらない。いつしか、日が暮れて空がオレンジに。

すると、ルミナのネコ耳と尻尾がピクッと動き、可愛らしい欠伸をしながらルミナが起きた。

「みゃう……くぁぁ」

「ん、ルミナ。起きたか？」

「みゃあう……おなかへったぞ」

「お？　あ、もうこんな時間か……」

「ふふ、楽しい時間はあっという間ですね」

「すみません。あ、そうだ。シャヘル先生、よかったら家で一緒に夕食でもいかがです？」

「では、ご相伴《しょうばん》に与《あずか》らせていただきましょう」

「みゃう。おなかへった」

「わかったわかった。じゃあ帰ろうか」

シャヘル先生と一緒に、エストレイヤ家へ向かった。

◇◇◇◇◇◇

その頃、ミュディ、シェリー、ノーマ、ミュア、そしてライラの女子組は、ビッグバロッグ王国の城下町を、これでもかと楽しんでいた。ちなみに大貴族の出であるシェリーとミュディは、髪を結《ゆ》い、帽子を被って変装している。

初めて訪れたノーマとミュアとライラは、城下町の栄えっぷりに興奮していた。

「ねぇねぇ、あれ何⁉」

「あれはカフェ。お茶やケーキを食べる場所だよ」

「にゃう、あれはー？」

「あれは宿屋さん。お金を払って寝泊まりする場所」

「わうぅ、あれは？」

「あれは飴屋さん。いろんな飴を売っているの」

三人の全ての疑問にミュディが答えた。

子供たちが離れないように、しっかり手を繋ぐ。一緒にいたはずのルミナはいつの間にかいなくなってしまっていたが……ノーマ曰く「すばしっこいからきっと大丈夫」とのこと。

「シェリーちゃん、まずはお茶しよっか」

「そうね。カフェなんて久しぶり」

そう話すミュディとシェリー。お小遣いはそれぞれ父からもらっている。

もちろん、ノーマたちも少なくない金額をもらっている。財布の中はお札でパンパンだった。

そうこうして、昔、シェリーが通っていたカフェに五人で入る。すると、猫族の女性が注文を取りに来た。

「ご注文は？」

「あたしはいつもの……じゃなくて、アイスティー」

「わたしも同じので」

「にゃあ。ホットミルク‼」

「わうぅ、わたしも‼」

「あたしはー……紅茶オレンジで」

それぞれが飲み物を注文すると、ミュアが給仕の猫族の女性をじっと見る。

「にゃあ。ネコ耳……」

「ふふ、あなたも可愛いネコ耳ね」

「にゃう」

銀猫族以外の猫族を見たミュアは、新鮮な気分だった。

ビッグバロッグ王国は他種族を多く受け入れている。ライラも、魔犬族以外の犬族を見たのは今日が初めてだった。狼族や熊族といった獣人が闊歩しているのを見て、ノーマも言う。

「森の外はすごい発展してるねー……狩りして肉を焼いて齧ってた頃が懐かしいよ」

運ばれてきた紅茶にオレンジ果汁を入れた紅茶オレンジを飲みながら、感慨深げなノーマ。

ミュディはクスリと笑う。

「お互い、知らないことだらけだね」

「そうだね……ねぇ、飲んだら町を案内してね。みんなにお土産買いたいし!!」

「もちろん。ミュアちゃん、ライラちゃんに似合う服とか、ノーマちゃんに合う服とか見てみたいしね。シェリーちゃんもいい？」

「もちろんよ。ローレライたちにもお土産買わないと……ま、時間はあるしゆっくり行きましょ」

「にゃう。遊びにも行きたい!!」

「わぅぅ!!　遊びたいー!!」

遊ぶ時間はたっぷりある。

こうしてミュディたちは、ビッグバロッグ王国城下町を堪能した。

◇◇◇◇◇◇

その頃ディアムドは、リュドガと一緒に騎士団の訓練所にいた。

ディアムドの前には、数人の騎士が汗だくになり、息切れをしながら倒れている。

手に木剣を握りディアムドに挑みかかったはいいが、見事なまでに返り討ちにされたのだ。

「さすがです。ディアムド殿」

騎士を鍛えてほしいと言われ、アシュトの護衛から離れて向かったのはいいが……正直、ディアムドにとって騎士たちはあまりに弱かった。

人間との訓練に期待はしていたが、デーモンオーガの相手をするには力不足すぎたのだ。

ディアムドは模擬戦と称してリュドガとも軽く手合わせをしたが、リュドガと騎士たちのレベルはあまりにも離れていた。正確には、リュドガが他の騎士と比べて強すぎた。

「ディアムド殿、騎士たちはどうです？」

「ふむ……お前と比べると鍛錬が足りんな。見て分かるだろう？」

「あはは……これでも、熟練の王国の騎士なんですけどね」

「なら、鍛え方が足りん。正直、村の龍騎士のほうがはるかに強い」

「いやぁ、返す言葉もない」

そもそも、龍騎士と人間とでは体力や筋力がまるで違う。

龍騎士は半龍人という半分だけドラゴンの血を引いた種族なので、地力が違う。こちら側の世界で最強の種族と呼ばれているのは伊達《だて》ではないのだ。

だが、その龍騎士たちが束になってかかっても、バルギルドやディアムドはおろか、ノーマにすら勝てないという現実……デーモンオーガ恐るべし……と、リュドガは思った。

リュドガは、疲れ果てている騎士たちに声を掛ける。

「お前たち。この方に手傷を負わせたら特別ボーナスと伝えていたが……ハッキリ言って無理だ。

なぜなら、オレですら不可能だからな」

「「「「はい？」」」」

倒れていた騎士たちが、一斉にリュドガを見た。

ボコボコにされた上にボーナスもなしと伝えられ、騎士たちの反応が殺気立っていたので、リュドガは慌ててつけ足す。

「あ、えーと。まぁそうだな……この方に手傷を負わせられるくらい頑張れってことだ。ははは、いい経験に……えーと、すまん」

「「「「………………」」」」

「よ、よし。今日はオレの奢《おご》りで飲もうじゃないか‼」

「「「「ゴチになります、リュドガ将軍‼」」」」

「…………」

ディアムドはその様子に呆れるが、これがリュドガなりの信頼の勝ち取り方なのかもしれないと考えた。部下に囲まれ笑い合う姿は、将軍と部下というよりは、家族のようにも見える。

だが……できもしないと勝手に諦められるのは、正直面白くない。

ディアムドは木剣を拾った。

「さて、そこまで元気があるようなら……まだできるな？」

「「「「え……」」」」

「ふ……今度は、全員でかかってこい」

こうしてディアムドの特訓は、夕方まで続いたとさ。

第十六章　生誕の聖譚曲《オラトリオ》

ビッグバロッグ王国に到着して数日が経過した頃。

突然、ルナマリア義姉さんの陣痛が始まった。そして、破水……

みんなが集まっている中で破水が起こり誰もが驚いていたが、俺——アシュトだけは冷静だった。

出産の立ち会い経験こそないが、知識はある。

驚き心配そうに叫ぶミュディをルナマリア義姉さんから引き離し、顔が強《こわ》ばるヒュンケル兄とリュドガ兄さんに言う。

「ヒュンケル兄、シャヘル先生を呼んで!!　リュドガ兄さんはルナマリア義姉さんの手を握って!!　ノーマちゃん、ミュアちゃんたちを連れて部屋から出て!!」

俺の声を聞き、全員が動いた。

ディアムドさんたちは退室、真っ青になるミュディをシェリーに任せる。

すると、ヒュンケル兄は窓を開けて魔力を漲《みなぎ》らせて飛んでいった。あの『烈風』と呼ばれたビッグバロッグ王国最強の風使いの力を駆使して、ヒュンケル兄がシャヘル先生の元へ向かった……おそらく、いや間違いなく数分で先生はここに来る。

　俺ができることは、ルナマリア義姉さんを楽な体勢にさせて励ますことくらいだ。

「ルナマリア義姉さん、落ち着いて。大丈夫、もうすぐシャヘル先生が来るよ」

「ぁ……あぁっ……くぅ、うぅっ」

　ルナマリア義姉さんは、痛みで顔をしわくちゃにしていた。

　まずい。どうしよう。落ち着け、俺。えーと……そうだ。

「今、痛みを緩和する薬を出すから!!」

　薬草、そうだ。妊婦でも服用できる痛み止めがある。少しは楽になるはず。

　そう思い、カバンから薬を出して吸い飲みに入れ、水で薄める。

　ルナマリア義姉さんの口元に吸い飲みを近付けると、少しずつだが飲んでくれた。俺とリュドガ兄さんで、ルナマリア義姉さんに声を掛け続ける。

「ふぅ、ふぅ、ふぅ……」

「ルナマリア義姉さん、呼吸を整えて」

「ルナマリア……頑張れ!!」

「あ、あぁ……が、んばる、頑張るよ……私は、母に」

「ああそうだ。頑張れ……頑張れ!!」

ちくしょう。もっと俺にできることはないのか。

俺は薬師なのに。ちくしょう……ルナマリア義姉さんが妊娠、出産が近いことなんてわかってたじゃないか。なんでもっと勉強しなかったんだ……っ!!

歯を食いしばる俺。そして……

「遅くなった!! シャヘル先生を連れてきたぜ!!」

ヒュンケル兄が窓から飛び込んできた。空を飛んできたので髪が乱れている。一緒にいるのはシャヘル先生と、数人の女性エルフだ。

嘘だろヒュンケル兄、この人数をまとめて抱えて飛んできたのか。

「は、はぁ……まさか、この年で空を飛ぶとは」

シャヘル先生は呼吸を整えながら、俺の肩に手を置いた。

「いい経験になりましたね」

「……っ」

自分の無力さを思い知った。俺は、まだまだ勉強不足だ。

シャヘル先生はいつものののんびりした表情をキッと引き締めると、看護師エルフたちにテキパキと指示。投薬の準備、出産の準備をしていく。女性エルフはシャヘル先生の弟子で、出産の立ち会いは何度も経験しているらしい。

俺は、その後ろで見ていることしかできない。でも、肩を落とさず学ぶ。それが俺にできることだ。

リュドガ兄さんはルナマリア義姉さんの手を握る。

シェリーやミュディたち、他のみんなは肩を寄せ合って部屋の隅へ。

俺は、その中で観察する。薬師として、緑龍の村で活かすための知識を吸収する。


そして、シャヘル先生が来て間もなく……新しい命が産声《うぶごえ》を上げた。

「ふぎゃぁぁぁぁん!!　ふぎゃあ、ふぎゃぁぁぁっ!!」

「ぎゃぁぁん!!　ふぎゃぁぁっ!!」

看護師エルフが、二人の赤ん坊を抱き上げる。

「おめでとうございます。可愛い男の子、そして女の子です」

冷静な声だ。エルフは落ち着いた性格が多いと言うが……こういう医療関係にピッタリの種族かも。

看護師エルフは産湯《うぶゆ》で赤ちゃんの身体を清め、ミュディが作った布を身体に巻く。そして、赤ん坊はルナマリア義姉さんの側にゆっくりと降ろされた。

「あ、あぁ……うまれた……生まれた……」

「ああ……よくやった。よくやったぞ、ルナマリア」

リュドガ兄さんは父親に、ルナマリア義姉さんは母になった。

俺は……いつの間にか涙を流していた。ミュディとシェリーも同じだった。

赤ん坊はすぐに泣きやみ、赤い顔で眠っている。

ルナマリア義姉さんは、幸せそうな表情で言った。

「双子か……」

「ああ。先に生まれたのが女の子だ。姉と弟……ふふ、オレたちと違うな」

「そうだな……」

そんな会話をするリュドガ兄さんとルナマリア義姉さん。リュドガ兄さんに姉はいないし、ルナマリア義姉さんに弟はいないもんな。

「男の子はスサノオ、女の子はエクレール」

「由来は、スサノオが『水』、エクレールが『雷』……オレとルナマリアの願いを込めた名前だ」

「ああ……スサノオに、エクレール……ふふ」

ここに——エストレイヤ家の跡継ぎが誕生した。

スサノオ・エストレイヤとエクレール・エストレイヤ。

リュドガ兄さんとルナマリア義姉さんの、双子の子供。

俺は服の袖《そで》で涙を拭い……

「う、生まれるのか!?　リュドガ、ルナマリアぁぁっ!!」

感極まってたら、叫ぶ父上が部屋に飛び込んできた。

「う、ぎゃぁぁぁぁぁぁぁんっ!!」

「ふぁぁぁぁぁぁぁーーんっ!!」

「え、もう、生まれて!? おお、跡継ぎ、あ、いや待て、静かに静かに、えっと」

父上ェ……めっちゃテンパってるよ。

自分の大声で赤ちゃんが泣きだした罪悪感、そして赤ちゃん誕生の喜びで、父上は状況に追いつけてないようだ。

ルナマリア義姉さんはスサノオを、リュドガ兄さんがエクレールを抱いてあやす。

俺は父上に近付き、思いきり「シーッ!!」をした。すると父上は、慌てて両手で自らの口を塞ぐ。

「父上、こちらへ」

「………………」

両手でがっちり口を押さえ、父上はリュドガ兄さん、ルナマリア義姉さんの側へ。

ようやく落ち着いた赤ん坊を見て、父上の目から涙が流れた。

「父上、抱いてください。あなたの……初孫です」

エクレールを腕に抱え、父上にそう伝えるリュドガ兄さん。

「む、おぉ……い、いいのか？ こんな硬い、マメだらけの手で」

「はい。あなたの孫ですからね」

父上は、おっかなびっくりエクレールを抱く。

「あぅー」

「……小さい、な」

「生まれたばかりですから」

「……そうか」

エクレールとリュドガ兄さんを交互に見て、父上は感涙していた。

ひとしきり感慨にふけった後、赤ちゃんたちはベッドに寝かされた。

そして、ここでようやく俺たちもベッドの側へ。

感動で泣いて目が真っ赤なシェリーとミュディは、ベッドで寝ているスサノオとエクレールを眺めていた。

「かわいぃ～♪」

「うん……お姉さま、おめでとうございます!! リュドガお義兄《にい》さんも!!」

「ああ、ありがとうミュディ。ふぅ……ようやく、お腹が軽くなったよ」

「ルナマリア、今日はゆっくり休んでくれ……お疲れさま」

「……うん」

ルナマリア義姉さんを労《いたわ》るリュドガ兄さんに、シェリーが聞く。

「リュウ兄、みんなにも来てもらっていい？」

「ああ。構わんぞ」

シェリーが室内で遠巻きにしていたみんなを呼び、部屋は静かなざわめきで満ちる。

ミュアちゃんたちは眠る赤ちゃんを眺め、シャヘル先生はルナマリア義姉さんの体調を確認、ヒュンケル兄はリュドガ兄さんの胸をコツンと叩く。

エストレイヤ家の新しい命が祝福される中、急に俺は気が付いた。

「……あれ？　父上は？」

◇◇◇◇◇◇

エストレイヤ家、別邸。ここには、アイゼンの妻アリューシアが住んでいる。

アリューシアは、アイゼンとはもはや交流はほとんどない。事務的な会話をするだけで、夫婦間は完全に冷えきっていた。

だが、離縁はしない。アリューシアは権力を捨てる気はないし、アイゼンもそのつもりはない。

なので、アイゼンはアリューシュアへ、端的に報告を済ませる。

「……生まれたぞ」

「……そう」

ルナマリアの妊娠、そして出産の報告をしても、アリューシアの表情は変わらない。

別邸のテラスで、ワイングラスを傾けるだけ。そこに、喜びの感情は浮かばない。

「……なんとも思わんのか？」

「嬉しいわよ？　だって孫ができたんですもの」

「なら、見舞いの一つでもすればどうだ？」

「……そんなの、ルナマリアさんは喜ばないでしょ。きっとルナマリアさんは私を好いているようには見えないし、それに……リュドガだって私を嫌っている。私をルナマリアさんに近付くことを許さないわ」

「………………」

「後で祝いの品を贈ります。それでいいでしょ？」

それ以上、会話はなかった。アイゼンは諦め、別邸を出ようとした。

その背中に、アリューシュアが尋ねる。

「……シェリーは？」

「……いる」

「……そう。じゃ、私は寝るから……おやすみ」

アシュトの名前は、最後まで出なかった。

◇◇◇◇◇◇

ルナマリア義姉さんの体調が落ち着き、スサノオとエクレールも新生児の時期を過ぎた頃。出産祝いをエストレイヤ家で行うことになった。

さて、ここで問題になるのが……俺たちの存在だ。

俺——アシュトはエストレイヤ家から除名されているし、シェリーは療養ということで留守扱いになっている。いくら和解しても、一度除名された者はもうエストレイヤ姓を名乗ることはできない。というか許されない。

父上は俺のことを息子だと思っているが、エストレイヤ家に再び迎えることはできない。それがビッグバロッグ貴族なのである……ま、でもそんなことはどうでもいい。貴族のルールだろうとなんだろうと、俺は父上の子だ。

出産祝いはエストレイヤ家で開催される。つまり、ビッグバロッグ貴族や国王などの重鎮《じゅうちん》がここに来る。

俺とミュディはともかく、シェリーは見つかると面倒だ。

療養中のシェリーがここにいれば、貴族たちや国王に根掘り葉掘り詮索されるのはわかっている。

シェリーはそれを嫌がり、出産祝いには参加しない予定だ。

だから家族だけで行う出産祝いを、別に執り行うことになった。

それまで、俺たちはヒュンケル兄の屋敷で待機する。

ビッグバロッグ王国に帰省してもう二十日……そろそろ村に帰ることも考えないと。当初の予定では二十日間の滞在予定だったが、もう少し延びそうだ。

というわけで貴族たちの出産祝いが終わるまで、俺たちはヒュンケル兄の屋敷で待機することに。

「にゃあ。ご主人さまー、夜のまちに行きたいー」

「駄目だよ。なでなで……」

「ごろごろ……」

「わぅぅ、まだ眠くないよー」

「駄目だって。ほら、なでなで」

「くぅぅん……」

ミュアちゃんを撫でると喉を鳴らし、ライラちゃんも頭を撫でられて甘える。

夜のビッグバロッグ城下町はキラキラ輝いている。外に出たい気持ちはわかるけど……さすがに、夜遊びはまだ駄目だ。ちゃんと寝ないと大きくなれない。

ルミナはすでに寝ている。今さらだが、ルミナは町にあまり興味がないらしい。ここに来たのも、本当に俺に撫でてもらうためだけみたいだ。

ミュディとシェリーは、部屋でルナマリア義姉さんの出産の話をしている。どうも興奮冷めやらぬようだ。

ノーマちゃんは、父上が育てた茹でトウモロコシを食べながら言う。

「夜の町かぁ……めっちゃキラキラしてるし、酒場とかあるんだよね？」

「ま、まぁね」

「行ってみたいなー……ね、おじさん」

「……まぁな」

ディアムドさんはそう返事をする。部屋に備えつけられたバーカウンターで酒を飲んでいた。

ディアムドさんは連日、騎士団の騎士たちを鍛えていたようだ。どうやら騎士団に勧誘されたようだが、きっぱりと断ったらしい。

ディアムドさんはグラスを傾けながら言う。

「村長には悪いが……オレはやはり森がいい」

「あはは。なんていうか……実は俺もです」

「む？　ここは故郷なのだろう？」

「そうですね。でも、俺は植物魔法師ですし……やっぱり大自然がいいなーって」

「……そうか」

ビッグバロッグ王国は大きく華やかだ。でも、俺大自然の魔法師だから、森の中がいい。

いつの間にか、ミュアちゃんとライラちゃんは眠っていた。

「にゃむ……」

「きゅるる……」

「あはは。寝ちゃったねー、村長、運ぼっか」

「うん。あ、そうだ」

ミュアちゃんとライラちゃんは朝まで起きないだろうから、俺とノーマちゃんで部屋まで運ぶ。

これで部屋に残ったのは、俺とノーマちゃんとディアムドさんだ。せっかくだし、この二人とも交流を深めようかな。

「ディアムドさん、ノーマちゃん。せっかくなので……夜の町で一杯どうです？」

俺がコップをクイッと傾ける真似をすると、ノーマちゃんがニヤリと、ディアムドさんはフッと笑った。

「いきまーす!!　えへへ、お父さんお母さんに自慢しちゃおっと」

「護衛をせねばならん……付き合おう」

「あれれー？　おじさん、顔がにやけてるぞー？」

「……そんなことはない」

さて、行くのはやっぱり……ヒュンケル兄が教えてくれたバーかな。


バーで飲み始めると、意外とノーマちゃんがいけるクチだとわかった。

俺も度数の強いブランデーを飲んでしまい、いつもより饒舌《じょうぜつ》になる。

「いやー、俺も叔父さんになったよノーマちゃん!!　めでたい、実にめでたい!!」

「あはは。村長ってばカッコよかったよー。あの場で唯一動転してなかったしね。あたしもおじさんも動けなかったのに、村長はビシッと言ってさ」

ちなみに俺たちの側で、ディアムドさんは静かにチビチビ飲んでいる。

「あはは。必死だったけどね。それに……その後はシャヘル先生に任せっきりだった。緑龍の村で子供が生まれる時は、俺がしっかりしなくちゃならないのに……まだまだ勉強不足だな」

「そ、村長が赤ちゃんを取り上げるの？」

「ああ。俺は薬師だしね。今回、いろいろ学ばせてもらったからもう大丈夫!!　ノーマちゃん、キリンジくんとの子供ができたら俺が取り上げるからね!!」

「そそそ、村長の変態!!」

慌てるノーマちゃん。

「え、なんで？」

「……ノーマ、村長は薬師として言ってるんだぞ」

「うぅ……でも、恥ずかしい。ってかなんでキリンジが出てくんの!!」

「いや、だって……ねぇ、ディアムドさん」

「…………むぅ」

ノーマちゃんと俺が騒いでるうちに、ディアムドさんは度数の強いブランデーを飲み干した。

「出産の立ち合いならオレもある。というか……キリンジとエイラを取り上げたのはオレだ」

「え……えぇぇぇぇっ!?」

いきなりのことで俺とノーマちゃんは驚いた。

バーの個室を借りてよかった……けっこうな大声だったからな。

「それと、ノーマとシンハを取り上げたのはバルギルドだぞ」

「「うっそぉぉぉぉぉっ⁉」」

またもや驚く俺とノーマちゃん。

あ、そっか……薬師や医師がいなかったからか。それにデーモンオーガは病気や怪我はしないけど、出産だけはどうしても誰かが取り上げないとだからな。

「嫁のネマがいなければどうにもならなかった……全てが未知の経験でな。だが、産声を聞いた時の喜びといったら、たまらないものがあった」

「へぇ……ディアムドさん、すごいっすね」

「あたし、初めて聞いた……そうだよね、あたしやシンハが生まれたのはお父さんとお母さんのおかげだもんね」

「お前にもわかる。魔獣と戦う時、食われようが腹を裂《さ》いて脱出し、毒を浴びようが関係なく殴り、斬《き》られ突かれ潰されようと構わない無敵のデーモンオーガが……腹に宿った命を守るためには、どんな敵と戦うよりも厄介な状況に立ち向かうんだ。だが、得るのはとてもかけがえのないモノだ」

「ディアムドさん……」

か、かっこいい……何これ、めっちゃ大人の男なんですけど。

腹筋もバッキバキに割れてるし、俺とは格が違う。

「あたしも、いつかお母さんになるんだよね……」

「ああ。バルギルドも喜ぶだろう」

「そっか……まだよくわかんないけど、なんかいけそうな気がする!!」

ディアムドさんにそう言って、ノーマちゃんはお代わりのワインを注文した。

俺はディアムドさんに高級ブランデーを奢る。いい話を聞かせてくれたお礼だ。

おっと、これだけは言っておかないと。

「ディアムドさん。これからは俺もいますから……その、薬師として一緒に戦います!!」

「……ああ。ありがとう」

「おじさん、村長、もう一回乾杯しよっ!! ルナマリアさんの出産祝いで!!」

「そうだね。じゃあ……乾杯!!」

「かんぱーいっ!!」

「……乾杯」

みんなでグラスを合わせると、いい音が響く。

ビッグバロッグ王国で作られたグラスもかなり質がいい。人間の技もなかなかだと思う。

俺は緑龍の村の薬師として、村の住人たちが怪我をしたり、病気になったりした時の戦力として備えなくてはいけない。そこに、「妊娠・出産」というハードな状況が加わった。

でも、もう負けない。もっともっと勉強して、戦い抜けるまでになってやる。

俺はブランデーのグラスを一気に呷《あお》り……酔い潰れてしまったのだった。

◇◇◇◇◇

数日後、国の重鎮や貴族たちを招いた出産祝いがようやく終わった。

国王を乗せた豪華な馬車がエストレイヤ家から出ていくのを見送り、リュドガ、ヒュンケル、ルナマリアの三人はエストレイヤ家の来賓室《らいひんしつ》に集まり、三人だけで飲んでいた。

部屋にはベビーベッドがあり、そこではスサノオとエクレールが寝息を立てている。

ヒュンケルは高い金を払って買ったとっておきのワインをリュドガに注ぎ、ルナマリアにも注ごうとして手を止めて尋ねる。

「……もう飲んでいいのか？」

「ああ。むしろ飲みたくて仕方がない……ずっとお預けだったからな。酒が残っている状態で母乳を与えなければ、飲んでも問題ないそうだ」

「その割に、さっきは飲んでいなかったようだけど？　なぁヒュンケル」

「そーだな」

「ふ、真の出産祝いはこちらのほうだ。リュドガと、ヒュンケルと三人で飲むのが、何よりも楽しみだったのだ」

「ったく、調子のいい奴だ」

ヒュンケルは苦笑し、ルナマリアのグラスにワインを注ぐ。

この一本で町の酒屋のワインセラーをカラッポにするくらいの値段だが、ヒュンケルはまったく惜しいと感じなかった。むしろ嬉しくてたまらない。

リュドガはグラスを掲げた。

「では、乾杯」

「「乾杯」」

静かにグラスを合わせ、幼馴染三人の祝杯が始まった。

ワインとチーズを肴《さかな》に会話を楽しみ、時折ルナマリアはスサノオとエクレールの様子を見る。

ヒュンケルは別のワインを開けながら、ルナマリアとリュドガに聞く。

「なぁ、アリューシア様とは話したのか？」

「……ああ、少しだけ」

「本当に少しだけ、だ。母上は王妃様や重鎮の妻たちへの挨拶ばかりで、ルナマリアのところへは一度しか来なかった……まったく、どういう神経をしているのか」

「よせリュドガ。アリューシア様はちゃんと私を心配してくれた。それに……スサノオとエクレールを抱いてくれたぞ？」

「リュドガ。飲めよ」

「……ああ」

リュドガはワインを一気に飲み、ヒュンケルがお代わりを注ぐ。

昔から、リュドガは期待されていた。

なんでもできたし、物覚えもよく勉強は苦でなかった。父の跡継ぎとして期待され、魔法適性も『雷』という大当たり属性だった。おかげで、周囲の期待はさらに大きくなっていた。

同い年で貴族としての繋がりがあったルナマリアとヒュンケルがいなければ、リュドガはアイゼンのような堅く無骨な人間になっていただろう。

アシュトとシェリーが生まれ、ヒュンケルは幼馴染として二人を可愛がった。その姿を見てリュドガは、家族を大事にしようという姿勢を学んだのだ。

だが、両親から学んだことは？

学問は全て家庭教師から……期待だけされ、何かを教わったことはない。

父は将軍というだけあり、接点は多かった。でも母は……リュドガのことを自慢するばかりで、何かをしてもらった記憶はほとんどない。

はっきり言って、リュドガは愛情をほとんど感じていなかった。

「母上、か……ルナマリア」

「ん？」

「スサノオとエクレールに、いっぱい愛情を注ごう。乳母や世話係は必要だろうけど、オレたちの子供なんだから、オレたちがしなくちゃいけないこともたくさんある」

「リュドガ……」

「ルナマリア……これからずっと一緒に」

「ああ……」

リュドガとルナマリアは見つめ合う。

「……おめーら、オレの存在を消すのやめてくれる？」

ヒュンケルはワインを一気飲みし、二人の間に割り込んだ。

◇◇◇◇◇

エストレイヤ家に戻ると、兄さんたちが飲み会をしてると聞いたので、俺——アシュトも顔を見せる。

ミュディとシェリーと俺の三人で向かうと……いた。部屋から兄さんの声が聞こえる。

ドアをノックして部屋に入る。

「やぁ三人とも……悪いね、こんな時間になってしまって」

貴族による出産祝いが終わったらエストレイヤ家に戻る予定だったが、ずいぶんと遅くなった。

正確には、俺がノーマちゃんたちと飲みに出かけていたのが悪い。

ミュディとシェリーは挨拶もそこそこに、ベビーベッドへ。

「んん〜……やっぱり可愛い♪」

「ホントねぇ……やっぱり、リュウ兄とルナマリアさんに似……う〜ん、まだわかんないや」

すると、ルナマリア義姉さんがベビーベッドへ。

スサノオとエクレールはスヤスヤ寝てる。赤ちゃんはけっこう夜泣きするって聞くけど、この二人はよく眠っていた……けっこう騒がしいのに。大物かも。

俺も赤ちゃんを覗き込む。

「小《ち》っこいな……」

「そりゃそうでしょ。赤ちゃんだもん」

「いや、そうだけど……」

シェリーにツッコまれる。

いつか俺も……そんな風に思って見ていると……

「アシュト。お前が何考えてるか手に取るようにわかるぜ」

「ひゅ、ヒュンケル兄!?」

「自分の嫁たちも『いつか俺の子供を産むんだなぁ』って考えてるんだろ？　ははは、お前ってわかりやすいよなぁ」

「なっ……お、お兄ちゃんのバカ!!」と、シェリー。

「わ、わたしは……赤ちゃん、欲しいょ?」と、ミュディ。

「はははははっ。アシュト、頑張れよ」

「に、兄さんまで……」

しばし、笑っていると父上が部屋に入ってきた。

手にはワインボトル。どうやら差し入れらしい。

「アシュト、帰ってたか」

「はい。先ほど戻りました」

「ちょうどいい。このまま出産祝いといくか。外に立っている護衛二人と子供たちも呼ぶとしよう」

「え、いいんですか? こんな時間に……日を改めてでも……」

「ふふ、たまにはいいだろう。なぁ、リュドガ」

「そうですね。よし、軽食を作らせましょう。果実水も用意したほうがいいか」

リュドガ兄さんは部屋の外にいた使用人に声を掛け、ミュアちゃんたちを呼びに行かせ、軽食を作らせ運ばせた。

ミュアちゃんたちはすぐヒュンケル兄の屋敷からエストレイヤ家へ来た。寝ていたようだが、いっぱいの軽食と俺たちを見てすぐに目を覚ましたようだ。

人見知りなルミナは連れてくる時に一悶着《ひともんちゃく》あったようだが、これで全員が揃った。

全員にグラスを配り、飲み物を注ぐ。

「では、ルナマリア義姉さんの出産を祝って……乾杯!!」

俺が音頭を取り、来賓室で出産祝いが始まった。

堅苦しい挨拶はない。家族や友人としての時間の幕開けだ。

「にゃう。あかちゃんかわいいー」

「わぅぅん。ちいさいね」

ミュアちゃんとライラちゃんはベビーベッドを覗き、スサノオとエクレールを見ていた。

すると、スサノオとエクレールが目を開け、キャッキャと手をパタパタさせたのである。

「ほら、触ってみなさい」

「いいの?」

「ああ。挨拶をしているんだ」

「にゃう……」

ルナマリア義姉さんに言われたミュアちゃんは、そっと手を伸ばしてエクレールと握手。ライラちゃんはスサノオと握手した。二人とも尻尾が揺れて嬉しそうだ。

「あぅぅ、あー」

「にゃお?　しっぽ?」

「あぅー」

「にゃう……さわる？」

スサノオはミュアちゃんの揺れる尻尾が気になったのか、手を伸ばした。

ミュアちゃんはベビーベッドの隙間から尻尾を通し、スサノオの前でフリフリする。

すると、スサノオはミュアちゃんの尻尾を手でペシペシ叩き、キャッキャと笑う。どうやら気に入ったようだ。

「わぅぅん。わたしの尻尾じゃむりー」

「にゃおぉ、尻尾がすきみたい!!　ルミナもこっちきて!!」

「みゃあ……やだ」

「にゃぅぅー!!」

「うるさい」

ライラちゃんもミュアちゃんもルミナも、なんか楽しそうだ。

ディアムドさんは父上と酒を飲んでいる。なんか意外な組み合わせ……いや、そうでもないな。

ガチムチ同士気が合うのだろう。

するとヒュンケル兄が俺の肩に手を乗せた。

「どうよ、楽しんでるか？」

「うん。ヒュンケル兄は？」

「もちろん。堅苦しい貴族の付き合いもないし、美味い酒やメシがもっと美味く感じるぜ」

「そっか……」

「……アシュトは、そろそろ帰るのか？」

「うん。ルナマリア義姉さんの様子も落ち着いたし、村の様子も気になるから……」

「そうかい……ま、あと数日くらいならいいだろ？　まだお前と飲み足りないからな」

「……そうだね」

あと数日、ビッグバロッグ王国を満喫しよう。

俺の故郷。そして、ルナマリア義姉さんとリュドガ兄さんに家族が誕生した国。

「ほれ、飲め飲め」

「うん。ヒュンケル兄もグラスがカラッポだよ？」

「おう、夜はまだまだこれからだぜ」

こうして宴は深夜まで続いた……たまにはこんな夜もいいだろう。

第十七章　アトワイト家の幻想曲《ファンタジア》

出産から数日が経過した。

現在、ルナマリアの部屋には、大きなベビーベッドが置かれている。

そこには、赤ちゃんが二人、静かに寝息を立てていた。母乳をもらい満足したのか、とても安らかな表情で眠っている。

「ふふ……かわいい」

「ミュディ、ずいぶんと気に入ったようだな」

「はい。お姉さまとリュドガお義兄さんの赤ちゃん……すっごくかわいいです」

そんな風に話すミュディとルナマリア。ミュディは、もう二十分以上もベビーベッドの側にいた。

アシュトたちとの買い物に付き合わず、ルナマリアの部屋で赤ちゃん観察をしていたのである。

リュドガは仕事で、使用人もいない。部屋にはミュディとルナマリアの姉妹だけだ。

そんな時だった。ドアがノックされ、入ってきた人物を見てミュディは驚いた。

「あ……」

「失礼。ルナマリア……と、ミュディか」

「お、お父、様……」

部屋に入ってきたのは、ルナマリアとミュディ姉妹の父であるフドウ将軍だった。

ミュディにとっては、十年以上ぶりである。

ミュディの金髪は、父譲りであることがわかる。

フドウも短い金髪で、髪を逆立て立派な髭を蓄えているので、まるで獅子のように見える。

フドウの召し物は騎士の礼服だ。リュドガと同じく将軍職しか着ることの許されない紋章入りのマントを羽織り、腰にはアトワイト家に伝わる『聖剣ティルピッツ』が下がっていた。

そして手には……花束が。

「ルナマリア、具合はどうだ?」

「問題ありません。子育てをしながら騎士に復帰する予定です」

「そうか……無理をするな」

「はい」

「…………」

ミュディは黙って見守る。父の訪問をまったく予期していなかった。

娘が子を産んだのだ。祖父である父が来ることなど誰でも予想できる。だが……父から愛情を受け取ったことのないミュディは、そんなことすら思いつかなかった。

ミュディはベビーベッドの側で、姿勢を正して立つことしかできない。

父は意外にも器用な手つきで、部屋にあった花瓶に花を活けていた。そして、ミュディの側に……いや、ミュディの側にあるベビーベッドに近付く。

「ち、父上。その、よかったら子を抱いてください」

「む、そ、そうか?」

ルナマリアも立ち、ベビーベッドの側へ。

息子のスサノオを抱き、フドウに渡す。

「お、おお？　こ、これでいいのか？」

フドウは、柔らかく軽い、壊れ物を扱うような手つきでスサノオを抱き上げ……微笑んだ。

それが、ミュディには衝撃だった。

自分には、こんな愛情を注いだことはない。

自分には、こんな笑顔を見せたことがない。

自分には、未だに話しかけようともしない。

自分には……

「……失礼、します」

「ミュディ⁉」

部屋を出たミュディは、走りだした。

ミュディは改めて実感した。やはり自分はアトワイト家から……父から必要とされていなかったと。涙が溢れ、こぼれ落ち……ミュディは走った。

使用人たちとすれ違い、数人のメイドとぶつかった。そして、大柄なメイドの胸に突っ込んだミュディは、ようやく止まった。

「おっと‼　危ないよミュディ、走っちゃダメだ……どうしたんだい？」

「み、ミルコさ……んっ、ふぇぇ……っ」

「おぉ、よしよし……ささ、こっちおいで。顔を洗わないと。あったかいミルクを入れてあげようね」

ミルコはミュディを自分の部屋へ連れていった。

ミルコはメイド長なので、個室を持っている。エストレイヤ家の敷地内には使用人の家があり、エストレイヤ家で働くメイドや執事たちはここに住んでいるのだ。

昔、アシュトとシェリーはミュディを連れ、この使用人の家を遊び場にしていた。キッチンでつまみ食いをしたり、執事の部屋で隠れんぼをしたり……その度に、ミルコに叱られた。

ミュディは、そんな懐かしいミルコの部屋でホットミルクを飲んでいた。

「ささ、何があったんだい？」

「…………」

ミュディは、ポツポツと話していく。

ミルコはフドウ将軍とも古い付き合いだ。なので、おおよその事情は理解した。

それを踏まえて、ミュディに話す。

「ミュディ。フドウ将軍は不器用なだけさ」

「え……？」

「アイゼン様とフドウ将軍が以前言ってたけどね。フドウ将軍、あんたに何もしてやれなかったことを後悔してるみたいなのさ。今日、ルナマリアの見舞いに行ったのだって、あんたに会う口実だったのかもしれないよ」

「…………」

「ふふ、ミュディ……フドウ将軍はね、今朝こっそりルナマリアを見舞いに来たんだよ。あんたたちが朝ご飯を食べてる間にこっそりとね」

「え……こ、こっそり？」

「ああ。まだ、あんたに向き合う覚悟がなかったんだねぇ……ルナマリアからミュディの様子を聞いてたのさ。それで、屋敷に誰もいなくなる瞬間を見計らって、ルナマリアの見舞いと称してあんたに会いに来た……そう、あたしは睨んでるけどね」

ミルコは自分用のカップにミルクを入れて一気に飲み干す。

昔は城下町で一番の美人と呼ばれていたが、今は恰幅《かっぷく》のいいメイド長だ。母のような雰囲気すら感じる。

「ミュディ。これだけは言える……フドウ将軍は、あんたと親子をやり直したいと思ってるよ」

「…………」

「あんた、結婚の報告もしていないだろう？　フドウ将軍も勇気を出したんだ。泣いてないで、あんたもしっかり向き合ってやりな。親子をやり直すかどうかはあんた次第だけどね」

「ミルコさん……わたし」

「うん、行きな」

「はいっ……ありがとうございます!!」

ミュディはミルコの部屋を飛び出した。

今度の走りは悲しみによる逃げではない。しっかりと目的地を持つ頼もしい走りだった。

「ふぅ……まだまだ子供だねぇ。どっちも、だけど」

ミュディがルナマリアの部屋に戻り、フドウとどんな話をするのかミルコにはわからない。

ミルコはカップを洗い、のんびりと使用人の家を出て歩き、エストレイヤ家に向かう。

わざとゆっくり歩き、ルナマリアの部屋の前に向かい、そっと扉を開けて見たのは……

「……ふふ」

スサノオを抱くフドウと、エクレールを抱くミュディ。まだ緊張はあるようだが、それは確かに『親子』だった。ルナマリアも交ざり、家族の空間はとても温かく見える。

ミルコは静かに扉を閉じ……自分の仕事を再開するのだった。

◇◇◇◇◇◇

買い物から戻り、俺――アシュトがルナマリア義姉さんの様子を見に向かうと……そこでは、ルナマリア義姉さんとフドウ将軍、そしてミュディが仲良く赤ちゃんを抱いて笑っていた。

聞き慣れない男性の声がして驚いたが、まさかフドウ将軍とは……ミュディとも笑い合っている。

まだどこかぎこちないけど、それは父としての顔……のように見えた。

俺はドアを静かに閉めると、シェリーが言う。

「入らないの？」

「ダメ。今は家族の時間だ」

「にゃう？　赤ちゃんは？」と、ミュアちゃん。

「もうちょっと待ってようね。さぁみんな、あっちの部屋でお茶飲んで、お菓子を食べようか」

「わぅーん!!　おかし!!」

「まて、あたいが先だ!!」

「にゃおー!!　わたしも!!」

子供たちが騒いで走りだし、俺とミュディとノーマちゃんが後を追おうとして……

「こりゃあ!!　廊下を走るんじゃないよ!!」

ミュアちゃんとライラちゃんがミルコに捕まり、逃げようとしたルミナがギロッと睨まれて竦《すく》む。

ああ、懐かしい。俺とシェリーもよくこうやって怒られたっけ。

シェリーも思い出したのかちょっと身体が竦んでる……うん、条件反射だな。

「アシュト、シェリー、この子たちをしっかり見てな!!　あんたたちのとこの子だろう!?」

「は、はいっ!!　すみません!!」

「やれやれ……昔を思い出すねぇ」

俺たちが返事するとミルコはミュアちゃんとライラちゃんを離し、苦笑した。

ミルコは、エストレイヤ家の次男だとか長女だとか関係ナシに、俺たちが悪いことをしたら叱るし怒鳴る。昔は怖かったけど、それがミルコの愛情だとよくわかった。おかげで、俺もシェリーもエストレイヤ家の子供だと増長しないで育ってこれた気がする。

こんな言い方はアレだが……母上より、本当の母上みたいに感じていた。

「さ、お茶にしましょうか。あんたたち、あたしが作ったケーキでも食べるかい？」

「にゃあ!!　たべるー!!」

「わおーん!!」

「ケーキ……たべるぞ!!」

「はいよ。じゃあ手を洗ってきな……走るんじゃないよ？」

「にゃう。みんな行こっ」

ミルコに言われてミュアちゃんたちは洗面所へ向かう。

俺とシェリーもミュアちゃんたちの後を追ったのだった。

第十八章　愛と祝福のラブ・ソング

ビッグバロッグ王国からの出発前日。俺は、父上に許可をもらい、エストレイヤ家の庭に家族全員を集めた。

母上にも声を掛けたが、来なかった……ヒュンケル兄、シャヘル先生は来てくれたけど。

兄さんが、俺に質問する。

「アシュト。これから何をするんだ？」

「俺からの出産祝いを贈るよ。子供の健康と成長を願い、エストレイヤ家の庭に木を植える」

「木……そうか、お前の植物魔法か」

俺は頷き、エストレイヤ家の庭を眺めた。

庭は広く、よく手入れされている。花壇には綺麗な花が咲き誇り、庭師の腕がいいことがよくわかる。

庭の中心に植えていいということなので、俺は『緑龍の知識書《ムルシエラゴ・グリモワール》』と『緑龍の杖』を手に取る。

「お祝いの樹……」

＊＊＊

「植物魔法・お祝い♪」

○桃桜神樹《プリズム・チェリーブロッサム》

お祝いに贈るならこの樹♪　とっても綺麗な桃色の花を年に一度だけ咲かせるの♪
実もと〜っても美味しいわよ♪

＊＊

「美しく咲け、甘く実れ、見る者全てを魅了する美しき神の樹よ。サクラサクラ、サクラサケ!!
『桃桜神樹』!!」

詠唱を終えると、緑龍の杖から小さな種がポロッと落ちる。

そして、地面に種が吸収され、小さな芽がぴょこっと生え……ぐんぐんと成長する。

「お、おぉぉ……これが植物の魔法か」

「そういえば、アシュトの魔法は初めて見るな……」

父上と兄さんが驚く。ルナマリア義姉さんも、この魔法を初めて見るミュディたちも驚いている。

実はこの樹、兄さんたちに贈る練習のために一度村で生やしたんだよな。その甲斐あって大成功だ。

なんか気持ちいい……注目を浴びるのは苦手だけど、今は誇らしい。

「わぁぁ～……桃色の花だぁ」

「すっご……お兄ちゃん、すごい」

「村長ってやっぱすごいわ……」

「いやはや、こんなのは初めて見ましたな……」

ミュディ、シェリー、ノーマちゃん、シャヘル先生が仰天する。

樹は成長し、綺麗な桃色の花を咲かせた。

樹には小さな桃色の実がいくつも実っている。この実、めっちゃ美味しいんだよね。

俺は振り返り、リュドガ兄さんとルナマリア義姉さんに言う。

「これは『桃桜神樹』。一年に一度、こんな風に桃色の花を咲かせるんだ。双子が生まれた日のお祝いにピッタリだよ」

「アシュト……」

「素晴らしい、こんな……」

「あう、あー!!」

「きゃっきゃ!!」

スサノオとエクレールが、桃桜神樹を見て喜んでいる。

「さて、今日はこの木の下で、食事会をしよう。ミルコ、セバッサン、準備をよろしく!!」

俺が声を掛けると、エストレイヤ家のメイドや使用人たちが一斉に準備を始める。

桃桜神樹の下にシートを敷き、いろいろな料理が詰まった弁当箱を並べる。

椅子、テーブルではなく、シートを敷いた地面に座って桃桜神樹を見上げながらの食事会だ。

俺は靴を脱ぎ、シートに上がる。

「さ、みんな。今日はここで食事会をしよう。座って座って」

「にゃうー!! ごはん、おいしそう!!」

「わぅん、ご馳走がいっぱい!!」

「みゃう。お腹すいたぞ」

子供たちが先にシートに座る。続いてミュディ、シェリー、父上、兄さん、ルナマリア義姉さん、ヒュンケル兄、シャヘル先生、ディアムドさんにノーマちゃん、そしてフドウ将軍がシートに座った。

シェリーが言う。

「お兄ちゃん、いつの間にこんな準備してたの?」

「けっこう前からな。帰る前日に桃桜神樹を植えて、みんなで食事会をしようって考えてた。父上にこの木を植える許可をもらって、ヒュンケル兄には兄さんの仕事の調整してもらった」

「わたしたちにも内緒にして……もう、お兄ちゃんずるい」

「悪い悪い。でも、サプライズ大成功だ。ね、父上、ヒュンケル兄」

「ああ。たまには、こういうのも悪くない」

「オレはこういうの好きだぜ？　さ、アシュト、乾杯しようぜ」

そんな会話をしつつ全員にグラスを渡し、セントウ酒を注ぐ。そして、乾杯の音頭は俺がすることになった。

「兄さん、ルナマリア義姉さん……これからが大変だと思うけど、頑張ってください。じゃあ……乾杯!!」

それぞれがグラスを合わせ、楽しい食事会が始まった。

子供たちは、焼き立てのパンにチーズや肉を挟んだサンドイッチを食べていた。

「にゃあ、おいしいー」

「ミュア、こっちのフルーツサンドイッチもおいしいよ」

「みゃう、あたいが食うぞ」

ミュアちゃんにライラちゃんにルミナは、パクパクとサンドイッチに夢中で可愛い。ノーマちゃんも交ざり、子供たちは楽しそうにしている。それを見て、シェリーが言う。

「ほらほら、野菜もしっかり食べなさいよ」

「ふふ、お野菜のスープ、おいしいよ」

ミュディもそう言いながらスープをみんなに渡していた……まあ、野菜も大事だよな。

ディアムドさんは、父上やフドウ将軍と酒盛りしていた。

「ディアムド殿……ぜひ、王国軍に来てくれんか」

「……フドウ。何度も言ったが、オレは村に帰る」

「はっはっは、諦めろフドウ。ディアムド殿は頑固だぞ？」

「ぐぬぬ……アイゼン、お前が引退しなければ済む話だぞ」

なんか楽しそうだ。フドウ将軍、怖いイメージしかなかったけど、こうして酒を飲みながら楽しそうにしている姿は、なんだか子供みたいだ。

そして、シャヘル先生はルナマリア義姉さんと喋っていた。

「ルナマリアさん。その後、体調はどうですか？」

「シャヘル先生。特に問題はありません。その……いろいろ、お世話になりました」

「いえいえ。母子ともに健康で、私も安心しました」

シャヘル先生のこの穏やかな雰囲気、すごく安心する。俺も、こんな薬師になりたいな。

「おうリュドガ、オレに感謝しろよ～？」

「わかったわかった。お前、この日のために残業続きだったのか？　アシュトと父上と三人で、食事会の計画を立ててたとはな……」

お、ヒュンケル兄がリュドガ兄さんに絡んでいる。

この日のために、ヒュンケル兄が無茶をしてくれたことは、感謝してもしきれない。

俺は、桃桜神樹の下に用意したベビーベッドで横になる、スサノオとエクレールの元へ。

「あうぅ」

「あぅあ」

「綺麗だろ？　これからずっと、この木はエストレイヤ家で咲き続ける。お前たちが成長して、結婚して、子供が生まれた時、こうしてこの木に咲く花を見せてやってくれ」

「ふふ、アシュトくん……本当に素敵な気遣いね。あなたが植物魔法師で本当によかったわ」

と、俺の隣にシエラ様がいた……いつもは突然出てきて驚くが、今日は驚かなかった。

「かわいい子ね。赤ちゃんって、見ていると幸せな気分になるわね～」

「ですよね……なんか、癒されます」

「ふふ。じゃあ、次はアシュトくんの番かしら？」

「……そうなれば、いいかもしれませんね」

シエラ様はクスっと笑うと、指をパチンと鳴らす。

すると、柔らかな風が吹き、桃色の花弁が舞う。

「わぁ～……綺麗」

俺たちは、風で舞う花弁を眺めた。

みんなが桃桜神樹を見上げ、穏やかな笑みを浮かべている。

「……ああ、やっぱり」

ほんの少し目を離した時、俺の予測通り、神出鬼没なシエラ様はもう消えていた。

この花吹雪はきっと、シエラ様の贈り物……俺はそう思い、桃桜神樹を見つめるのだった。

◇◇◇◇◇◇

翌日、俺たちが緑龍の村に帰る日……それぞれが、別れを惜しんでいた。

「じゃあ、元気でな。また連絡してくれ」

「リュドガ兄さん、連絡しても出ないじゃん……俺、ヒュンケル兄に連絡するよ」

「な、何ぃ？　まま、待てアシュト、ちゃんと出るから!!」

「かっかっか。アシュト、オレはちゃーんと出るからな」

「お前ら、リュドガをからかうな……」

馬車に乗り込み、リュドガ兄さん、ヒュンケル兄、ルナマリア義姉さんたちと最後に話す。

また桃桜神樹が咲く頃、ビッグバロッグ王国に帰ってこよう。

「じゃあ、また」

「あうぅー!!」

「きゃぁーっ!!」

スサノオとエクレールに挨拶をして、エストレイヤ家を……ビッグバロッグ王国を後にした。

馬車から顔を出し、エストレイヤ家を見る。

そこには……俺の植えた桃桜神樹が、風に揺れていた。

「お……」

ふわりと、小さな薄桃色の花弁が舞い、俺の頭の上に。

俺はそれを取り、小さく微笑んだ。

◇◇◇◇◇◇

ビッグバロッグ王国、エストレイヤ家。ルナマリアは、息子と娘に授乳をしていた。

スサノオはルナマリアの乳をゴクゴク飲み、満足するとげっぷをしてすぐに寝てしまう。夜泣きもほとんどせず、オシメが濡れていても泣かない。逞《たくま》しくも図太い赤ちゃんだった。なんとなく、ルナマリアに似ている。

対するエクレール。乳を飲む量は普通だ。

夜泣きもあまりせず、どことなくおしとやかで気品がある……と、リュドガとアイゼンは言っている。将来は美人に間違いないともよく言われていた。

授乳を終え、ルナマリアは二人をベッドへ。

「ふぅ……身体がなまる。早く復帰したいものだ」

子育ては非常に楽しい。だが、騎士として働きたい気持ちが、日に日に強くなる。そろそろ復帰を……と言うと、リュドガやアイゼンが反対するのだ。

まだ体調が心配、もう少しスサノオとエクレールについてやれ、やはり母親の母乳で育てたほうがいい……そんな言葉ばかりかけられる。

そのことをミルコに相談すると……

「男は男なりに心配してるのさね。ルナマリア、母親ってのは子供にとって唯一のモンさ。お前さんも赤ん坊の頃、母親に抱っこされて育ったんだ。もう少しだけ、抱っこして育ててやんな」

「抱っこ……」

「ああ。抱かれてる記憶はないだろうが、母親が子を抱く記憶はいつまでも残る。親が子を思う気持ちを今から学んでおきな。騎士に復帰するのはその後でもいいさ」

ルナマリアは、なんとなく考え込んでしまう。

エストレイヤ夫人のアリューシアは、我が子を抱いたことはあったのだろうか？　スサノオとエクレールを一度だけ抱いてくれたが、その後は顔も見せに来ない。

ルナマリアは、ベッドで眠る我が子を愛おしげに眺めながら思う。

「母親、か……私は、いい母親になれるだろうか」

ルナマリアが騎士に復帰するのは、もう少し先になりそうだ。

◇◇◇◇◇◇

「はぁ……」

「んだよリュドガ。景気の悪いツラしやがって」

「ああ、ルナマリアが騎士に復帰したがってな……赤ん坊も生まれて間もないし、少なくとも一年は子育てに専念してほしい」

「オレに言うなよ……本人に言ったのか？」

「まぁな……」

リュドガの執務室で、リュドガはヒュンケルに愚痴をこぼしていた。

子育ては父と母で行うもの。子育て初心者のリュドガとルナマリアは、いろいろ不満が溜まっているようだ。

「飲みに行くなら付き合うぜ？」

「いや、子供の顔が見たいからな。しばらくはお預けだ」

「そうかい。すっかり父親じゃねぇか」

「はは……子供が生まれれば誰だって父親だ。問題はその先なんだと思い知らされたよ」

アイゼンやアリューシアとは違う。子が生まれてすぐに乳母に預けるのではなく、できる限りの愛情を自分たちで注ごうと決めた故の苦悩だ。

夜泣きこそ少ないが、深夜に泣きだすこともある。そんな時、リュドガとルナマリアは飛び起きて子供をあやし、一時間おきに乳をあげたり、おしめを交換したりすることもあった。

「リュドガ、クマができてるぞ……少し仮眠してから帰れよ」

「ああ、そうさせてもらう……ふぁぁ」

リュドガは欠伸をして、椅子に深く寄りかかり目を閉じた。

ヒュンケルは、そんなリュドガの目のクマを見て思う。

「睡眠不足……目元のクマは、父親の証みたいなモンかね」

きっと、ルナマリアにも同じものがあるんだろうとヒュンケルは思った。

自分にできることは、親友の負担が少しでも軽くなるように頑張ること。自分の仕事を一手に引き受け、リュドガの元へ向かわせてくれたフレイヤとフライヤの姉妹に報《むく》いることだ。

「さーて、今日も残業しますかねぇ」

ヒュンケルは軽やかな気持ちで、リュドガの分まで仕事を始めた。

◇◇◇◇◇◇

「ルナマリア、いいか?」

「お父様……それに、アイゼンお義父《とう》様」

ある日のルナマリアの部屋に来たのは、子供が生まれてから頻繁に顔を出すようになったフドウと、孫を尋常じゃないほど可愛がっているアイゼンだ。

将軍同士仲がいいこともあるが、子供が生まれてから拍車がかかっている。よくエストレイヤ家で飲み会をしている様子が使用人たちにも目撃されていた。

二人がここに来た理由は、一つ。

「は～～～いお爺ちゃんでしゅよぉぉぉ～～～♪」

「ベロベロベロ～～～♪」

一人は紅蓮将軍、一人は圧殺将軍と呼ばれて恐れられたとは思えないほど緩みきった顔をするアイゼンとフドウ。そんな二人をなんとも言えない顔で見るルナマリア。

「きゃっきゃっ!!」

「あぅぅ～」

スサノオとエクレールは、アイゼンとフドウに会えて嬉しいのかはしゃいでいる。

スサノオとエクレールも気分がいいようなので、ルナマリアはアイゼンたちに提案した。

「せっかくですし、散歩に行かれますか？　庭の『桃桜神樹』の花がまだ咲いていますので」

「おお、それはいいな。よし、木の下でお茶でも飲もう」

「アイゼン、茶より酒……いや、なんでもない」

ルナマリアに睨まれたフドウは苦笑し、三人と二人の赤ん坊は庭へ。

いい風が吹き、風に揺れて桃色の花弁が散る。まるで花の雨のような光景に全員で見とれる。

アシュトが植えたこの大樹は、一年に一度花を咲かせる。つまり、花が咲いたら子供たちの生まれた日。お祝い事をするのにちょうどいい。

「美しいな……」

「ああ。こんなものを咲かせられる植物魔法師がいるとはな」

「ふ、ワシの息子だ」

フドウの言葉に誇らしげに胸を張るアイゼンに、ルナマリアは微笑んだ。

この話を、リュドガに……そしてアシュトに伝えてやろう。そう思った。

大自然の魔法師アシュト、
廃れた領地でスローライフ
原作：さとう
漫画：小田山るすけ
1～4
シリーズ累計
29万部突破！
（電子含む）
追放された青年が
伝説級レア種族たちと
まったり村づくり！

大自然の魔法師アシュト、
廃れた領地でスローライフ
4
原作 さとう 漫画 小田山るすけ
魔界都市から悪魔が来たりて店開く!?
怪しさ120%。
特別な品揃えで村も発展♪
悪魔商店オープン!!
万能魔法師の気ままな日常ファンタジー、第4巻！

大貴族家に生まれながらも、魔法の適性が「植物」だったため、落ちこぼれ扱いされ魔境の森へ追放された青年・アシュト。ひっそりと暮らすことになるかと思いきや、ひょんなことからハイエルフやエルダードワーフなど伝説級激レア種族と次々出会い、一緒に暮らすことに！ さらに、賑やかさにつられてやってきた伝説の竜から強大な魔力を与えられ大魔法師へ成長したアシュトは、植物魔法を駆使して魔境を豊かな村へと作りかえていく！ 万能魔法師の気ままな日常ファンタジー、待望のコミカライズ！

無料で読み放題
今すぐアクセス！
アルファポリス Webマンガ

◎B6判　◎各定価：本体748円（10％税込）

異世界ゆるり紀行
子育てしながら冒険者します
1~15
水無月静琉
Minazuki Shizuru
シリーズ累計
110万部
(電子含む)
突破!!
2024年待望のTVアニメ化!
1~15巻
好評発売中!
コミックス
1~8巻
好評発売中!
異世界ゆるり紀行
子育てしながら冒険者します
水無月静琉
転生したら双子を保護しました。
子連れ冒険者の異世界のんびりファンタジー!
特別賞受賞作!
子連れ冒険者ののんびりファンタジー!
神様のミスで命を落とし、転生した茅野巧。様々なスキルを授かり異世界に送られると、そこは魔物が蠢く森の中だった。タクミはその森で双子と思しき幼い男女の子供を発見し、アレン、エレナと名づけて保護する。アレンとエレナの成長を見守りながらの、のんびり冒険者生活がスタートする!
異世界ゆるり紀行
子育てしながら冒険者します
水無月静琉
みずなともみ
1
転生したら、幼い双子を保護しました。
シリーズ累計15万部!!

◎各定価:1320円(10%税込) ◎Illustration:やまかわ ◎漫画:みずなともみ B6判 ◎各定価:748円(10%税込)

風波しのぎ
Kazanami Shinogi
シリーズ累計
250万部!
(電子含む)
THE NEW
ザ・ニュー・ゲート
GATE
01~22
2024年 待望の
TVアニメ化!
コミックス
1~13巻
好評発売中!

風波しのぎ
THE NEW
ザ・ニュー・ゲート
GATE
01 終わりと始まり
500年後のゲーム世界で繰り広げられる
驚異的人気のWeb小説、待望の書籍化!
絶対覇者《ハイヒューマン》
無双バトル!

デスゲームと化したVRMMO－RPG「THE NEW GATE」は、最強プレイヤー・シンの活躍により解放のときを迎えようとしていた。しかし、最後のモンスターを討った直後、シンは現実と化した500年後のゲーム世界へ飛ばされてしまう。デスゲームから“リアル異世界”へ——伝説の剣士となった青年が、再び戦場に舞い降りる!

各定価:1320円(10%税込)
1~22巻好評発売中!

illustration：魔界の住民(1~9巻)
KeG(10~11巻)
晩杯あきら(12巻~)

漫画：三輪ヨシユキ
各定価：748円(10%税込)

原作 風波しのぎ 漫画 三輪ヨシユキ
THE NEW
ザ・ニュー・ゲート
GATE 1
デスゲームから500年後のゲーム異世界へ
絶対覇者降臨
新たなる無双伝説開幕!!
シリーズ累計15万部!
大人気ファンタジー待望のコミカライズ!

アルファポリスHPにて大好評連載中!
アルファポリス 漫画 検索

Re:Monster
リ・モンスター
1〜9・外伝
8.5
暗黒大陸編1〜3
金斬児狐
Kanekiru Kogitsune
シリーズ累計
150万部
(電子含む)
突破!
2024年4月
TVアニメ
放送決定!!
ネットで話題沸騰!
怪物転生
ファンタジー
最弱ゴブリンの下克上物語 大好評発売中!
コミカライズも大好評!
【小説】
1〜9巻/外伝/8・5巻
◉各定価:1320円(10%税込)
◉illustration:ヤマーダ
新章
【小説】
1〜3巻(以下続刊)
◉各定価:1320円(10%税込)
◉illustration:NAJI柳田
【漫画】
1〜10巻(以下続刊)
◉各定価:748円(10%税込)
◉漫画:小早川ハルヨシ

月が導く異世界道中
Tsukiga Michibiku Isekai Dochu
あずみ圭
Azumi Kei
1~19
8.5
シリーズ累計360万部の超人気作!(電子含む)
TVアニメ第2期
2024年1月8日から 2クール 放送開始!
TOKYO MX・MBS・BS日テレほか

月が導く異世界道中
あずみ圭
薄幸系男子の成り上がりファンタジー、開幕!
なんでだろう親の都合で異世界へ
第5回アルファポリスファンタジー小説大賞 読者賞受賞作!
待望の書籍化!

異世界へと召喚された平凡な高校生、深澄真。彼は女神に「顔が不細工」と罵られ、問答無用で最果ての荒野に飛ばされてしまう。人の温もりを求めて彷徨う真だが、仲間になった美女達は、元竜と元蜘蛛!? とことん不運、されどチートな真の異世界珍道中が始まった!

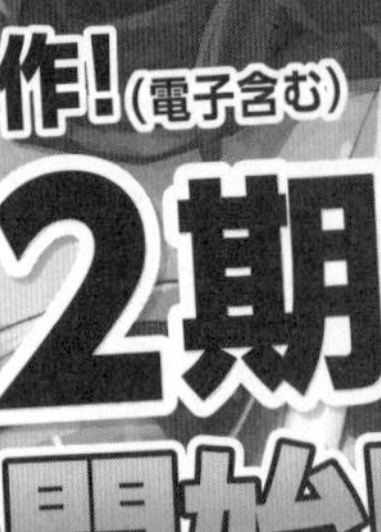
月が導く異世界道中
1
あずみ圭
木野コトラ
とことん不運、されどチート!!
シリーズ累計29万部
薄幸系主人公の異世界放浪記、コミカライズ第1巻!!

2期までに
原作シリーズもチェック!

●各定価:1320円(10%税込)
●illustration:マツモトミツアキ
1~19巻好評発売中!!

漫画:木野コトラ
●各定価:748円(10%税込) ●B6判
コミックス1~13巻好評発売中!!

ファンタジーは知らないけれど、
何やら規格外みたいです
Fantasy ha shiranai keredo, naniyara kikakugai mitaidesu
神から貰ったお詫びギフトは、
無限に進化するチートスキルでした
見るもの全てが新しい!?
未知から始まる異世界暮らし!!
渡琉兎
Ryuto Watari

神様の手違いで命を落とした、会社員の佐《さ》鳥《とり》冬《とう》夜《や》。十歳の少年・トーヤとして異世界に転生させてもらったものの、ファンタジーに関する知識は、ほぼゼロ。転生早々、先行き不安なトーヤだったが、幸運にも腕利き冒険者パーティに拾われ、活気あふれる街・ラクセーナに辿り着いた。その街で過ごすうちに、神様から授かったお詫びギフトが無限に進化する規格外スキルだと判明する。悪徳詐欺師のたくらみを暴いたり、秘密の洞窟を見つけたり、気づけばトーヤは無自覚チートで大活躍!? ファンタジーを知らない少年の新感覚・異世界ライフ!

ファンタジーは知らないけれど、
何やら規格外みたいです
渡琉兎
見るもの全てが新しい!?
未知から始まる異世界暮らし!!

●定価:1320円(10%税込)　●ISBN:978-4-434-33475-7　●Illustration:たく

無名の三流テイマーは王都のはずれで
のんびり暮らす
～でも、国家の要職に
就く弟子たちがなぜか
頼ってきます～
鈴木竜一
Ryuuichi Suzuki
弟子と従魔に囲まれて
自由気ままな
テイマー生活!

大きな功績も挙げないまま、三流冒険者として日々を過ごすテイマー、バーツ。そんなある日、かつて弟子にしていた子どもの内の一人、ノエリーが、王国の聖騎士として訪ねてくる。しかも驚くことに彼女は、バーツを新しい国防組織の幹部候補に推薦したいと言ってきたのだ。最初は渋っていたバーツだったが、勢いに負けて承諾し、パートナーの魔獣たちとともに王都に向かうことに。そんな彼を待っていたのは――ノエリー同様テイマーになって出世しまくった他の弟子たちと、彼女たちが持ち込む国家がらみのトラブルの数々だった!?　王都のはずれにもらった小屋で、バーツの新しい人生が始まる!

無名の三流テイマーは王都のはずれで
のんびり暮らす
鈴木竜一
アルファポリス
冒険者としては三流でも、師匠としては超一流!?
弟子と従魔に囲まれて
自由気ままな
テイマー生活!

●定価:1320円(10%税込)　●ISBN:978-4-434-33329-3　●Illustration:Aito

捨てられ雑用テイマーですが、
森羅万象を統べてもいいですか？
SHINRA BANSHO WO SUBETEMO IIDESUKA?
覚醒したので最強《さいつよ》ペットと
今度こそ楽しく過ごしたい！
TORYUUNOTSUKI
登龍乃月
ダンジョンに雑用係として入ったら
【森羅万象の王】になって帰還しました…？
最強《さいつよ》でクセ強な
相棒《ペット》を連れて再出発!!

捨てられ雑用テイマーですが、
森羅万象を統べてもいいですか？
登龍乃月
ダンジョンに雑用係として入ったら
【森羅万象の王】になって帰還しました…？
最強でクセ強な
相棒を連れて再出発!!

勇者パーティの雑用係を務めるアダムは、S級ダンジョン攻略中に仲間から見捨てられてしまう。絶体絶命の窮地に陥ったものの、突然現れた謎の女性・リリスに助けられ、さらに、自身が【森羅万象の王】なる力に目覚めたことを知る。新たな仲間と共に、第二の冒険者生活を始めた彼は、未踏のダンジョン探索、幽閉された仲間の救出、天災級ドラゴンの襲撃と、次々迫る試練に立ち向かっていく——

●定価：1320円（10%税込）　●ISBN：978-4-434-33328-6　●illustration：さくと

【悲報】売れない
LIVE
ダンジョン配信者さん、
うっかり超人気美少女インフルエンサーを
モンスターから救い、バズってしまう
著
taki210
ネットが才能に震撼！
怒涛の260万
PV突破
人気はないけど、実力は最強!?
お人好し
青年が
ダンジョン配信界に
奇跡を起こす!?

現代日本のようでいて、普通に「ダンジョン」が存在する、ちょっと不思議な世界線にて――。いまや世界中で、ダンジョン配信が空前絶後の大ブーム！　配信者として成功すれば、金も、地位も、名誉もすべてが手に入る！　……のだが、普通の高校生・神木拓也は配信者としての才能が絶望的になく、彼の放送はいつも過疎っていた。その日もいつものように撮影していたところ、超人気美少女インフルエンサーがモンスターに襲われているのに遭遇。助けに入るとその様子は配信されていて……突如バズってしまった!?　それから神木の日常は大激変！　世界中から注目の的となった彼の、ちょっぴりお騒がせでちょっぴりエモい、ドタバタ配信者ライフが始まる！

【悲報】売れない
LIVE
ダンジョン配信者さん、
うっかり超人気美少女インフルエンサーを
モンスターから救い、バズってしまう
著 taki210
人気はないけど、実力は最強!?
お人好し青年が
ダンジョン配信界に
奇跡を起こす!?
ネットが才能に震撼！
怒涛の260万PV突破

◉定価：1320円（10%税込）　◉ISBN 978-4-434-33330-9　◉illustration：タカノ

覚醒スキル【製薬】で
今度こそ幸せに暮らします!
迷宮都市の
錬金薬師
前世がスライムだった僕、古代文明の
絶滅スキルが覚醒!?
前世では普通に作っていたポーションが、
今世では超チート級って本当ですか!?
Oribe Somari
[著] 織部ソマリ

迷宮《ダンジョン》によって栄える都市で暮らす少年・ロイ。ある日、『ハズレ』扱いされている迷宮に入った彼は、不思議な塔の中に迷いこむ。そこには、大量のレア素材とそれを食べるスライムがいて、その光景を見たロイは、自身の失われた記憶を思い出す……なんと彼の前世は【製薬】スライムだったのだ！　ロイは、覚醒したスキルと古代文明の技術で、自由に気ままな製薬ライフを送ることを決意する――『ハズレ』から始まる、まったり薬師ライフ、開幕！

覚醒スキル【製薬】で
今度こそ幸せに暮らします!
迷宮都市の
錬金薬師
[著] 織部ソマリ
Oribe Somari
アルファポリス
前世がスライムだった僕、
古代文明の
絶滅スキルが覚醒!?
前世では普通に作っていたポーションが、今世では超チート級って本当ですか!?

◉定価：1320円（10%税込）　◉ISBN 978-4-434-31922-8　◉illustration：ガラスノ

この作品に対する皆様のご意見・ご感想をお待ちしております。

おハガキ・お手紙は以下の宛先にお送りください。

【宛先】

〒150-6019 東京都渋谷区恵比寿 4-20-3 恵比寿ｶﾞｰﾃﾞﾝﾌﾟﾚｲｽﾀﾜｰ 19F
（株）アルファポリス　書籍感想係

メールフォームでのご意見・ご感想は右のＱＲコードから、
あるいは以下のワードで検索をかけてください。

アルファポリス　書籍の感想　検索

ご感想はこちらから

本書は Web サイト「アルファポリス」（https://www.alphapolis.co.jp/）に投稿されたものを、改稿、改題、加筆のうえ、書籍化したものです。

大自然《だいしぜん》の魔法師《まほうし》アシュト、廃《すた》れた領地《りょうち》でスローライフ９

さとう

2024年２月29日初版発行

編集－田中森意・芦田尚
編集長－太田鉄平
発行者－梶本雄介
発行所－株式会社アルファポリス
〒150-6019 東京都渋谷区恵比寿4-20-3 恵比寿ｶﾞｰﾃﾞﾝﾌﾟﾚｲｽﾀﾜｰ19F
TEL 03-6277-1601（営業）　03-6277-1602（編集）
URL https://www.alphapolis.co.jp/
発売元－株式会社星雲社（共同出版社・流通責任出版社）
〒112-0005 東京都文京区水道1-3-30
TEL 03-3868-3275
装丁・本文イラスト－Yoshimo
装丁デザイン－AFTERGLOW
印刷－図書印刷株式会社

価格はカバーに表示されてあります。

落丁乱丁の場合はアルファポリスまでご連絡ください。

送料は小社負担でお取り替えします。

©Satou 2024.Printed in Japan

ISBN978-4-434-33480-1　C0093